## BERNAR

Bernard Clavel est né à Lon
1923 ; il quitte l'école dès l'âge de quatorze ans, et entre en apprentissage chez un pâtissier de Dole. Les deux années qu'il passe sous la coupe d'un patron injuste et brutal vont faire de lui un éternel révolté. Du fournil à l'usine, du vignoble à la forêt, de la baraque de lutte à l'atelier de reliure, de la Sécurité sociale à la presse écrite et parlée, il connaît bien des métiers, qui constituent « ses universités ».

Il écrit son premier roman, *L'ouvrier de la nuit*, en 1954. Encouragé dès lors par Jean Reverzy, Gabriel Chevallier, Armand Lanoux, Gaston Bachelard, Gabriel Marcel, Hervé Bazin, Marcel Aymé et quelques autres, il poursuit une œuvre qui s'impose peu à peu : il obtiendra plus de vingt prix, dont le prix Goncourt 1968 pour *Les fruits de l'hiver*. Il entre à l'académie Goncourt en 1977 au couvert de Giono, décide de la quitter en 1977, et n'a jamais accepté la Légion d'honneur...

Bernard Clavel puise son inspiration dans la Franche-Comté de son enfance, et dit volontiers que son mariage avec la romancière québécoise Josette Pratte lui a permis de donner à son œuvre un deuxième souffle, avec, entre autres, *Le royaume du Nord*, une grande fresque romanesque inspirée par l'aventure des pionniers canadiens. La guerre et le combat pour la liberté, la dignité humaine et l'amour de la nature sont les thèmes majeurs de son œuvre.

En quarante ans, il a écrit plus de quatre-vingt-dix ouvrages – romans, essais, contes et poèmes pour enfants –, traduits dans une vingtaine de pays, et il figure parmi les trois auteurs préférés des Français d'après une étude de la Sofres.

Éternel errant, il a déménagé plus de quarante fois, écrivant et peignant toujours avec le même acharnement.

# PIRATES DU RHÔNE

DU MÊME AUTEUR
*CHEZ POCKET*

Jésus, le fils du charpentier
Le carcajou
Malataverne
Le soleil des morts
Lettre à un képi blanc
Les petits bonheurs
Meurtre sur le Grandvaux
L'Espagnol
Le seigneur du fleuve
Le tambour du bief
Le cavalier du Baïkal
Cargo pour l'enfer
L'Hercule sur la place

*LES COLONNES DU CIEL*

1 – La saison des loups
2 - La lumière du lac
3 - La femme de guerre
4 - Marie Bon Pain
5 – Compagnons du Nouveau Monde

*LA GRANDE PATIENCE*

1 – La maison des autres
2 - Celui qui voulait voir la mer
3 - Le cœur des vivants
4 - Les fruits de l'hiver

*LE ROYAUME DU NORD*

1 – Harricana
2 – L'or de la terre
3 – Miserere
4 – Amarok
5 – L'Angélus du soir
6 – Maudits sauvages

*CHEZ POCKET JEUNESSE*

Wang chat-tigre
Akita
La chienne Tempête
Jésus, le fils du charpentier
La louve du Noirmont

BERNARD CLAVEL

de l'Académie Goncourt

# PIRATES DU RHÔNE

ÉDITIONS ROBERT LAFFONT

ISBN 2-266-13368-3

*A la mémoire de mes parents*

Le Rhône, voyez-vous, une teigne ; on ne s'en débarrasse pas facilement quand il vous coule dans le sang.

*Alexandre Arnoux.*

# VINGT ANNÉES ONT PASSÉ

*Se relire après vingt années, quelle aventure!*

*Surtout lorsque, comme moi, on a très peu de mémoire pour ce que l'on écrit.*

*Surpris à chaque page, j'ai avancé dans ma lecture comme si je redécouvrais un monde disparu. Et c'est bien naturel, somme toute, puisque le monde que je décris dans ce livre a effectivement disparu.*

*Les grands travaux d'aménagement du Rhône, qui n'étaient encore qu'un projet assez vague en 1955, sont aujourd'hui très avancés, et c'est l'homme qui a triomphé du fleuve. Je n'ai pas à juger ces travaux. Certains prétendent qu'ils sont inutiles, d'autres disent qu'ils constituent un élément essentiel de l'indispensable liaison Méditerranée-mer du Nord, d'autres enfin pleurent le fleuve défiguré, meurtri, réduit à l'état de ruisseau, canalisé et qui a perdu toute sa puissance, enlevant du même coup à la vallée son caractère de grandeur sauvage.*

*Je sais, pour ma part, que tout finit par*

*s'intégrer à la nature, et que les générations futures vivront en accord avec cette nouvelle vallée, comme nous vivions avec le fleuve endigué de roches et sur lequel passaient les grands vapeurs.*

*Ce livre n'est ni un essai ni un cri d'alarme. Il est une histoire que je raconte et qui, comme toutes celles que nous écrivons sans les avoir réellement vécues, tient à la fois de la réalité et du rêve. Cette histoire est à coup sûr de celles que j'aurais aimé vivre.*

*Au fond, j'ai retrouvé ces pages comme on retrouve un rêve oublié, et c'est sans doute pourquoi leur lecture a fait naître en moi une certaine nostalgie.*

*Je dois beaucoup au Rhône. C'est lui qui m'a amené à écrire après m'avoir obligé à peindre durant des années. Ma rencontre avec le Rhône est l'un des tournants les plus importants de ma vie, et ce sont des choses que l'on n'oublie pas.*

*J'ai connu et longuement fréquenté tout ce petit peuple des rives. Les pirates, je les ai suivis dans leurs sorties nocturnes. Le passeur, je l'ai vu pleurer en regardant le fleuve dont personne, jamais, ne m'a parlé avec autant d'émotion.*

*Certes, si je m'étais laissé aller à apporter des corrections à ce roman, j'en serais très vite arrivé à le refondre complètement. Si je pouvais le relire aujourd'hui sans éprouver l'envie de le reprendre, c'est que vingt années de travail ne m'auraient rien enseigné, et ce serait affligeant. J'ai donc retenu ma plume, me bornant à déplacer quelques virgules. Mais si le désir m'a pris d'en modifier la forme, je n'ai jamais ressenti celui de rien changer à la matière, aux personnages, et à ce qui est entré en moi au contact de ce monde merveilleux de la Vorgine.*

*« Vorgine » était d'ailleurs le premier titre de cet ouvrage qui parut en feuilleton dans* Le Progrès, *avant de voir le jour en librairie, et c'est aussi ce titre que porte l'adaptation que j'en ai faite pour la radio. Car c'est avec ce livre que j'ai appris à écrire pour la radio, ce qui est également une découverte que je n'oublie pas. Je n'ai pas oublié non plus Jean Carlen et Henri Lesieur, qui furent à l'origine de cette merveilleuse aventure. Cette équipe de la Station de Lyon avait fait de mon texte un film radiophonique où la magie des voix et du son donnait au fleuve une présence d'une intensité telle que, grâce à ce travail, j'allais découvrir toutes les ressources de l'art radiophonique.*

*Les dictionnaires nous apprennent que la vorgine est le lieu où pousse la vorge (nom vulgaire de l'ivraie). Pour les riverains du Rhône, la vorgine est cette partie des rives où la terre et l'eau se mêlent, où poussent les saules têtards, les peupliers, les ronces, les roseaux, les joncs et bien d'autres plantes. Tout cela constitue un domaine secret, touffu, spongieux, plein de mys-*

*tère et que ne fréquentent que ceux qui le connaissent assez pour ne jamais s'y perdre.*

*Ce domaine, j'y ai vécu des années, de l'aube au crépuscule, et c'est là que j'ai réellement senti à quel point la Nature est indispensable à ma propre nature.*

*La vorgine est morte. Le ciment a remplacé la terre, la pierre et les arbres. La nature n'a pas encore digéré ces travaux de l'homme et le petit village de Vernaison où j'ai situé l'action de mon roman, est méconnaissable. Il fait partie de cette banlieue qui a cessé d'être un terroir et n'a pas encore le caractère d'une ville. On peut faire bien des choses au nom du progrès, mais il est certains crimes que l'homme doit toujours éviter de commettre. Je pense à la Saulaie d'Irigny, qui était l'une des plus belles d'Europe et que les usines ont dévorée. Max Lerrant y a peint toute sa vie et l'œuvre qu'il nous a laissée prouve que cette saulaie était une « terre chargée », qu'elle avait une âme. A Vernaison, on a détruit une chapelle romane pour gagner quelques mètres carrés de terre. Il y a toujours, sous ces gestes qui paraissent insensés, des histoires de gros sous. L'homme s'enlaidit qui détruit pour de l'argent.*

*A présent, je serais incapable de vivre sur cette terre. Mais telle que je l'ai connue et aimée, elle demeure en moi. Elle fait partie de ce qui constitue l'essentiel de mon bagage.*

*Alexandre Arnoux, l'écrivain qui a le mieux*

*senti et exprimé le Rhône, dit que « chaque homme dépend d'un fleuve ». Par excès de modestie, il se dit l'homme « d'un affluent du second degré, de la Bléone ». Il ajoute cependant : « Mais l'eau de ma terre, les berges affouillées de ma rivière marchent vers le Rhône. » Reprenant cette phrase à mon compte, je lève les yeux et je regarde déferler vers la plaine les derniers contreforts du Revermont. Ces vagues encore rousses de l'hiver finissant ont perdu depuis hier seulement leurs dernières traces de neige. L'eau coule de partout et s'en va vers les lointains bleus où la Bresse donne rive à la Saône. Toute l'eau de cette partie du Jura s'en va aussi vers le Rhône. Au pied des falaises de Château-Chalon où j'ai retrouvé ma terre, la Seille est encore un torrent vert, transparent, et dont le silence des nuits porte jusqu'à nous le grognement. Comme la Bléone, elle pousse son eau vers le Rhône. J'ai descendu puis remonté son cours. Je suis rentré tout chargé des émotions que m'a données cette immense vallée du Rhône alors qu'elle vivait encore au rythme que lui imposait son fleuve. Le besoin me prend souvent de parler d'elle, mais elle a trop changé pour que l'envie me vienne un jour d'y vivre à nouveau.*

*Regagnant, après tant d'années, la terre du Jura, j'ai eu la joie de constater qu'elle est parmi celles qui ont le moins souffert de la folie des hommes. En bien des lieux, elle demeure telle que mes parents m'ont appris à l'aimer. C'est à leur mémoire que j'ai dédié ce premier livre écrit loin de cette terre où ils ont tant peiné pour moi. La retrouvant, ma seule tristesse est qu'ils ne soient plus là pour l'aimer avec moi.*

Bernard Clavel.

# I

La voie ferrée glisse le long du Rhône ses quatre couleuvres d'acier. Là s'arrêtent les maisons.

Seule, en sentinelle avancée, celle de Gilbert mord la vorgine.

Après débute le vrai domaine du fleuve : digues rues et battues ; osiers semés de verges d'or ; fouillis crépus de saules têtards.

Poncées par l'eau des crues, râpées jusqu'à l'aubier, les racines courent et s'enchevêtrent sur cette terre de sable et de galets épars. Des peupliers trembles au feuillage frémissant plantent dans ce fatras de verdure leurs troncs gainés de ronces.

En dessous, c'est l'ombre fraîche même au cœur des étés les plus torrides. Presque la nuit.

Des fossés étroits se faufilent entre les arbres.

Le promeneur renonce.

La rainette sommeille, le ventre dans la vase. A la lisière grignotée de soleil, le serpent cherche le gravier chaud. Le rat défie la fronde du gamin et s'aventure jusqu'au talus où l'homme jette ses ordures.

Jadis, un bras du Rhône devait couler entre cette terre et les premières maisons du village. On a dû combler et maintenant c'est le chemin de fer qui passe là. On continue quand même d'appeler ça « les îles ».

Elles commencent trois kilomètres en amont au moins, pour se terminer juste devant la gare par une digue de roches amoncelées, plus haute et plus longue que les autres et qui ferme à demi une lône tranquille.

Au nord, c'est Lyon.

On le devine, lourd, écrasant le sol derrière les collines qui fument. Il ternit l'horizon d'un crachin gris. Et, par les nuits sans lune, il met une aurore laiteuse et triste dans son ciel grumeleux.

Le Rhône traverse la ville en grondant. Vite il bondit d'un pont à l'autre roulant ses meuilles, nouant ses muscles dans un couloir trop resserré. Il a beau se hâter de quitter sa prison, il s'y salit pourtant. Et, quand ici le poisson crève, il ne faut pas chercher : Lyon a vomi par les égouts l'acide de ses usines mangeuses d'hommes.

Malgré tout, on aime le fleuve. On le sent fort. On sait qu'il finit toujours par retrouver sa pureté.

Il a fait le pays : creusé le granit et la terre; poli les coteaux où s'étagent le verger et la vigne. Il tourne à droite avant le village, puis à main gauche ensuite, en regardant le sud, si bien qu'on est au fond de la boucle, abrité des vents sur trois côtés par les plis de la terre qu'il a repoussée. L'est seul est dégagé pour qu'on ait le premier soleil.

Mais le Rhône et sa terre ne nourrissent plus le village tout entier.

La ville déborde jusque-là.

Le temps est mort des équipages de mariniers aux haltes bruyantes. Le remorqueur à vapeur passe sans s'arrêter. Il a remplacé les trains de pesantes carates et la ronce dévore ce qui subsiste encore du chemin de halage.

*

Ce village c'est Vernaison.

Avec un avant-goût de Provence, il rassemble ses maisons basses autour d'une place aux platanes massifs.

Tous les gens du village se connaissent tant les maisons sont proches l'une de l'autre, et tous connaissent Gilbert bien qu'il demeure un peu à l'écart du pays.

Ils le connaissent ; c'est beaucoup dire. Pour eux, il est l'homme des îles. Celui qui marche pieds nus ; qui vient au village chercher son pain et son vin aux heures où il n'y a presque personne dans les rues.

Un sauvage quoi !

Tout juste poli. Il dit parfois :

— Bonjour ; ça va ?

On répond :

— Bonjour. Ça va.

Jamais davantage. A se demander s'il y voit clair. Voilà pourtant près de dix ans qu'il est arrivé au pays.

C'était quelques mois après la Libération. Il venait d'être démobilisé et portait encore des vêtements kakis, mais déjà il marchait pieds nus. Cette tenue a frappé dès l'abord. On a dit :

— Un original. Ou un idiot.

Il y en avait deux autres avec lui, vêtus de la même façon, mais avec des souliers. Plus liants, ils ont expliqué :

— Ce pays nous plaît. On aimerait peindre un peu par ici. Si on pouvait trouver à louer, on resterait quelque temps avant de remonter à Paris.

Manière de rire un brin, on leur a indiqué l'ancien four à plâtre abandonné depuis des ans et des ans, tout encapuchonné de vigne vierge et de liserons. Un nid à vermine et à mauvaise herbe en somme. Il leur a plu quand même. Ils disaient que c'était juste à leur convenance : loin du village et à quatre enjambées du fleuve.

Trois qui ne rechignaient pas à la tâche. Manches retroussées, ils ont débroussaillé l'entrée, rafistolé un peu la toiture et l'intérieur de la grande salle commune.

Puis, au premier automne, les deux autres sont partis.

Durant tout l'hiver, Gilbert a défriché devant la maison et gagné pied à pied un bon lopin de terre sur le maquis des îles.

Alors on a compris qu'il s'installait pour longtemps.

Depuis cette époque on ne parle plus du four à plâtre. On dit : « La maison du sauvage. »

Il a d'ailleurs démoli le foyer du four. Avec les briques et les pierres, il a consolidé les fondements lézardés et construit autour de son jardin une murette solide et bien assise qui fait comme un rempart à l'envahissement de la verdure gourmande. Ainsi il peut faire ses légumes. Le Rhône donne l'eau d'arrosage; la lône du terreau gras de joncs, de feuilles mortes et d'orties riches en ferments.

Gilbert jardine et il peint.

On le voit partir avec sa musette et son chevalet, dans le soleil ou dans la brume, toujours longeant la rive du fleuve. Les premiers temps on le regardait un peu comme une bête curieuse, mais maintenant, après tant d'années on n'y prête plus attention. C'est comme s'il était d'un autre pays.

On pourrait presque dire d'un autre monde.

D'ailleurs, mis à part ses manières bizarres, il n'est pas de ces hommes que l'on remarque. Moyen de taille et de corpulence, il faut être tout près de lui pour s'apercevoir qu'il a, tenant autant de place que tout le reste dans son visage toujours mal rasé, des yeux bleus, clairs, très clairs. Là-dessus, un front qui n'en finit plus d'aller jusqu'au blond de ses cheveux. On les aurait peut-être voulus longs à descendre jusqu'aux épaules, mais non, ce ne sont pas des cheveux de peintre. Tout simplement une espèce de brosse à poils raides, montrant déjà la corde sur le milieu.

*

Et puis, au fond, c'est vrai ; il est bien d'un autre monde : le monde du Fleuve.

Et dans ce monde, ils sont six pour tout dire. Six en comptant Gilbert.

Il y a d'abord le Père Normand, le passeur. Il est l'homme du Fleuve. C'est établi depuis toujours. Son père était passeur déjà ; les anciens s'en souviennent ; lui est passeur. Buvant sec mais jamais ivre ; haut et droit, noueux comme un vieux tronc sans cesse élagué, il va sur ses soixante-dix ans : un roc.

Sa maison est la première du village en quittant le Fleuve, la première à gauche après le passage à niveau. Trapue sous un toit au faîtage incurvé, tassée par le temps, mais robuste et coquette encore, elle se hausse sur ses trois marches de pierre usées pour contempler, pardessus le talus du chemin de fer, ses deux yeux grands ouverts au vent du fleuve, dans le miroir fripé de la lône.

Il y a aussi les Balarin. Des braconniers. Tout une nichée de pirates, dit-on.

Bertrand, le père. Maigre et voûté, avec un visage fermé et sans âge toujours à l'ombre d'une casquette sale.

Puis sa femme, la grosse Norine, ronde et qui roule sans cesse sur ses courtes jambes comme une bouée.

Leur fils Benoit, épais de poitrine et large à l'image de sa mère, s'en va sur ses trente ans. Celui-là, il y en a qui le connaissent depuis sa naissance et n'ont jamais pu entendre le son de sa voix ; il y en a qui le rencontrent chaque jour et ne savent pas seulement la couleur de son regard.

Enfin Marthe, la fille.

On aurait parié que ces cinq-là finiraient par se lier avec Gilbert. C'était fatal ; à cause du Fleuve. Ils ont leur maison au village, mais leur vie se trouve là-bas, sur le fleuve.

Ils font corps avec le Fleuve. Ils lui ressemblent un peu. On n'entre pas dans leur vie sauvage. On ne connaît d'eux que la surface, polie et fuyante comme de l'eau. On ne peut pas regarder dans l'eau. Elle vous renvoie votre regard. Il faut la pénétrer pour savoir ce qu'elle est, autrement, elle se déguise en ciel, en nuage, en lumière, en colline, en arbre, en homme ; elle a le visage de tout le monde et de personne.

Pourtant, en dessous, caché par cette peau qu'il est inutile de gratter parce qu'elle se referme aussitôt, il y a tout un monde. Un monde qui ne se livre pas.

Celui que l'on prétend connaître le mieux c'est le Père Normand. Il est le passeur qui travaille pour tous. On a besoin de lui ? Il est là. Toujours. On veut passer ? On l'appelle. Il vous « traverse ». On donne ce qu'on veut ; rien si l'on est trop pauvre et c'est toujours bien. Et puis, il est fort. Il est l'homme le plus fort du village et peut-être même de la vallée. Voilà une chose qui compte ! Mais peut-on dire pour autant qu'on le connaît ?

Les Balarin ?... On ne les aime pas beaucoup. On les admet. On leur achète du poisson. Parfois, les après-midi d'été, les deux hommes viennent aux boules. Bertrand parle un peu avec les habitués ; le fils se contente de grogner, comme un ours qu'il est, deux ou trois fois au cours de la partie.

Quant à la fille : une vraie sauvageonne.

Sûr ! Personne n'a été surpris le jour où l'on a dit : « Gilbert est toujours fourré avec le passeur et les pirates. »

*

Le peintre a connu d'abord le Père Normand. Il le voyait passer, plus de vingt fois le jour, sur la sente qui se coule dans l'herbe drue à quelques pas de son jardin. Le vieux lui criait :

— Alors mon gone, ça ira-t-y ?

Et Gilbert répondait :

— Ça ira, Père Normand, ça ira !

D'un mot à l'autre, de propos échangés sur le fleuve et sur le jardin, d'une cigarette offerte, ils en sont vite venus à bavarder plus longuement.

Puis, un jour qu'il pleuvait, entre deux traversées, le passeur est entré dans la maison du peintre. Ils ont bu ensemble un verre de vin et longtemps le passeur a regardé le Rhône.

Pas le Rhône que l'on voit de la fenêtre, non. Le Rhône qui est partout contre les murs de cette grande pièce carrée et basse de plafond. Le Rhône aux mille visages. Le Rhône dessiné, peint, modelé dans une pâte maladroite, le Rhône fait de tout l'amour, de toute la foi du sauvage qui marche pieds nus.

Le passeur a regardé longtemps, sans mot dire.

Mais le lendemain il est revenu. En entrant il a dit :

— Je voudrais voir, mon gone, encore d'autres tableaux.

Gilbert a montré toutes ses toiles, tous ses dessins. Tout ce qui n'était pas accroché aux murs. Il n'aime pas montrer sa peinture, mais là, c'était différent : il se réjouissait de voir le visage du passeur.

Il était là, ce vieillard, immobile et comme ébloui.

Il regardait de toute la force de ses yeux, de toute la force de son cœur de vieux passeur du Rhône. Il regardait de loin, en retenant son souffle comme on regarde une chose étrange, une chose qu'on risquerait de briser en la touchant avec des mains d'homme.

Il disait simplement :

— C'est beau, petit... Ah ! oui, c'est beau ce que tu me montres. C'est quelque chose d'avoir, comme tu as, tout le fleuve dans sa maison : le fleuve quand il nous dit bonjour, le matin, avec son visage encore plein de sommeil ; le fleuve quand il fait son paresseux au gros du soleil comme un lézard ; le fleuve quand il s'endort dans son grand lit tout bassiné de lumière.

Pour Gilbert ces mots si simples valaient tous les éloges. Ils étaient mieux que des médailles de salons. Mieux que toutes les louanges du monde. C'était le Fleuve qui parlait ; qui lui disait : « Comme tu sais bien me comprendre. » Ce vieillard, c'était quelque chose du Fleuve.

Alors il a dit :

— Père Normand, prenez celle qui vous plaît le plus. Je vous la donne.

Le passeur a posé sa main énorme sur l'épaule du peintre en disant :

— Non, mon gone. Il faut les garder là. Toutes ensemble. Et je viendrai les voir souvent. Ce sera bien mieux. De cette façon, elles seront toutes un peu à moi. Ça serait dommage d'en enlever une. Toute seule, elle ne dirait plus rien. Ici, elles chantent toutes réunies et c'est ça qui est le plus beau.

A partir de ce jour, Gilbert a senti qu'il y avait près de lui un homme. Quelqu'un de mieux qu'un ami.

*

C'est le Père Normand qui lui a fait connaître les pirates. Un soir, il a expliqué qu'avant son arrivée, les Balarin se servaient du four à plâtre pour remiser leurs rames et les armatures de leurs filets. C'était plus commode pour eux, cette cache isolée du village et si proche du fleuve.

Gilbert a dit :

— D'accord. Ils n'ont qu'à revenir.

Le Père Normand a fait la commission. Et les pirates sont revenus. Une aubaine pour Gilbert dont les maigres économies fondaient à vue d'œil. La peinture n'est pas denrée facile à vendre ; et quand, en plus, on tient à la garder, on ne craint pas de s'enrichir avec un métier pareil !

Il a donc appris à manœuvrer une barque et depuis des années, il pêche avec les Balarin.

Il a fait sa vie là, tout près du fleuve. Sur le fleuve même. Ou plutôt, c'est le Fleuve qui lui a fait sa vie.

## II

C'est le dernier soir du printemps.

Le ciel vient de se taire d'un coup. Tout le jour il a hurlé au ras des cimes épeurées en poussant vers le nord ses grisailles déchiquetées. L'arrière-garde des nuages a disparu au moment où la lune risquait un premier regard par une déchirure de l'horizon assagi.

Maintenant elle se hisse dans le silence. Après ce jour sans lumière, elle verse une clarté plus riche.

Gilbert s'est assis sur la murette de son jardin. Le soir est tiède, encore imprégné de la chaleur du vent. La masse lourde des arbres s'endort, saoule de tumulte.

Quand le vent vous écrase sans trêve tout un long jour, on a envie qu'il se taise. Mais ce soir, dans ce silence trop plein, il y a quelque chose d'insolite. On dirait que le fleuve lui aussi va se taire. Que sa voix est plus sourde après le vaste concert du ciel. Elle n'est plus qu'une complainte. Une de ces complaintes si douces qu'on a la crainte de voir toute la vie s'arrêter quand le dernier couplet sera fini. La grande meuille se fait pourtant, marquant son rythme toujours égal. Elle naît au bout de la digue, s'élargit à chaque tour en roulant jusqu'au fond du virage. Elle creuse un à un ses sillons en spirale ; caresse les herbes qui soupirent ; pousse un pli d'argent sur le sommeil de la lône jusqu'au feston tremblant des rives. Et ainsi toujours, de minute en minute.

Jamais jusqu'à ce jour Gilbert n'a éprouvé cette crainte.

« Un fleuve, est-ce que ça s'arrête de couler ? »

Non, celui-là ne peut pas s'arrêter. Même au plus froid des hivers quand les glaciers durcis ne donnent plus, quand les bancs de graviers trouent sa surface étriquée comme autant d'os pointant sous la peau d'un malade : il est là. Sa chanson faiblit mais en prêtant l'oreille, on l'entend. Il a l'air de retenir sa force pour mieux enfler sa voix au printemps, quand le souffle ardent de la Provence montera faire la toilette des montagnes.

*

Sur l'autre rive, quelque chose se détache de la nuit des arbres. Ce doit être le Père Normand. Il a « traversé » Pierre Guérin, le cafetier d'en face, revenu de Lyon avec le dernier train. Le passeur est resté un bon moment là-bas, il a dû s'attarder à boire un verre.

La barque approche, droit sur l'entrée de la lône. Derrière elle, les remous accrochent des morceaux de lune. Le tire-lire des rames mordant les vagues prend place dans la chanson du fleuve.

C'est le passeur qui chante avec le fleuve. Tout est donc comme d'habitude : le fleuve, le passeur, le bateau, les bruits de l'eau. Le Fleuve apporte le passeur, le passeur apporte avec lui le Fleuve.

Il est l'homme qui sait le Fleuve. Il sait son histoire qui est celle de ses ancêtres, les bateliers d'avant le temps de la vapeur. Il entend son langage. Il lit ses signes ; la couleur de l'eau, sa façon de se rider. Un fleuve est mieux qu'un homme quand on le connaît bien. Il se confie. Il vous parle avec des mots, avec des regards, avec des grimaces du visage. Il dit : « Amarre ta barque assez long, je vais grossir d'un mètre dans la nuit » ou bien : « Laisse ta barque en bout de digue, il va fraîchir et je vais me recroqueviller au creux du lit. »

Pour comprendre, il faut le temps de plusieurs vies.

*

La chaîne tinte sur les roches. Elle crisse contre le fer de l'amarre, trois fois de suite ; puis le silence. Le fleuve a le temps de murmurer une phrase et c'est, sur le sentier, le glissement d'un pas qui sonnait.

Le Père Normand pose ses rames dans l'herbe le long de la murette. Il s'assied à côté de Gilbert.

— Alors, dit-il.

— Le vent s'est tout de même cassé le cou.

— Oui, juste à la nuit. C'est souvent.

Le passeur tire de sa poche sa blague en vessie de porc. Le papier bruisse dans ses doigts rêches.

— Ça fait rien, l'eau fera une petite remontée, demain, dans la matinée.

Il tend la blague et le carnet de feuilles. Gilbert roule à son tour le tabac frais. Ils allument. La flamme du briquet danse sur leurs visages penchés.

Ils fument; sans parler.

Puis, le Père Normand se tourne un peu vers Gilbert.

— Alors dit-il, t'es pas causant ce soir.

Le vol de velours d'une chauve-souris invisible frôle leur tête. Gilbert la cherche des yeux.

— Oui, souffle-t-il, tout ce qu'on pourrait rabâcher maintenant, ce que ça changerait.

— Je savais bien que c'était ça. Tu penses trop mon gars. Faut pas te faire des idées, avant de savoir seulement si c'est pas tout des racontars. Voilà dix ans qu'on en cause. Des couillonnades, je te dis. Je les connais, tu comprends, moi. Y parlent, y parlent ; ça me fait rigoler toutes leurs histoires. Si je les avais écoutées, il y a beau temps que j'en serais claqué.

» Tiens, j'en causais encore avec le Pierre tout à l'heure. Il est comme moi, lui, il n'y croit pas. Il s'est renseigné. Paraît qu'ils veulent creuser un canal de Lyon à Vienne, droit comme la route. Vingt-cinq kilomètres avec des écluses et tout le tremblement pour faire gagner aux mariniers quatre ou cinq kilomètres de fleuve. »

— C'est peut-être une idée de fous, mais ils la réaliseront.

Le vieux élève la voix :

— Tu crois que ça se fait comme ça toi, un travail pareil ? Ils n'ont qu'à essayer, ils ont bien le temps de voir. Moi, ça veut pas m'ôter le sommeil. Et pour ce qui est d'essayer, je sais bien qu'ils essaieront. Ils feront tout pour réussir du moment que ça peut leur rapporter du pognon. Mais ils ont beau être des malins, des diplômés de-ci ou de-là, je sais, moi, que ça ne suffit pas.

Le passeur se tait. Il semble attendre une réponse, mais Gilbert ne bronche pas. Alors il reprend :

— Tu prétends que je sais lire dans le fleuve ? Eh bien ! oui. Et je dis que toi du devrais commencer à savoir aussi, depuis des ans et des ans que tu lui fais son portait avec tes couleurs. Et je dis que si tu ne sais pas, c'est que tu as peur de savoir.

Peur de savoir, oui. Peur surtout de trop bien comprendre. Le passeur voit tout avec des yeux de son temps. Il parle de la grande colère du fleuve. De 1910, par exemple : de l'eau qui se couche en travers des voies ferrées, des hommes qui n'osent plus passer. Mais à vrai dire, est-ce que les hommes n'ont pas depuis longtemps réussi à dompter les fleuves ?

Pourtant, Gilbert ne demande qu'à croire le vieux passeur. Il voudrait ne plus penser, se laisser aller au bercement de cette voix qui bourdonne à côté de lui. Peu à peu les mots n'ont plus de sens. Ils n'ont plus besoin d'avoir une signification. Leur musique suffit. Une bonne musique qui fait corps avec celle du fleuve et vous engourdit un peu malgré l'inquiétant de la nuit.

Un instant, le passeur se tait.

On dirait que la voix de l'eau est plus limpide à présent. Que les mots plus sonores se détachent mieux sur un rythme plus gai. Comme quelqu'un qui éprouve ses cordes vocales avant de chanter.

Gilbert retient sa respiration. Il voudrait saisir toutes les syllabes de ce langage encore obscur, mais qu'il sait être là pour lui. C'est tout un travail d'apprendre une langue nouvelle ! Une langue qui n'a pas de dictionnaire. Que les hommes ne parlent pas. Que les hommes ne parleront jamais. On ne peut pas parler fleuve, mais on doit pouvoir comprendre.

La complainte s'élève, trouve des accents plus chauds, une cadence plus allègre. Elle contourne la digue, ricoche sur l'eau vive jusqu'aux roches de la rive. Elle se glisse ensuite sous la chair des feuillages pour s'endormir dans leur nuit, tout contre la terre. Plus proche encore, plus timide aussi, elle se faufile parmi les roseaux de la lône. Elle vient ramper sur le jardin où elle retrouve dans l'humus les parfums du fleuve. Elle parvient à la maison et pousse des dernières notes jusqu'au fond de la tiédeur des pièces où elle est la seule vie.

A peine perceptible, un souffle d'air coule au ras des herbes. Pour Gilbert c'est la caresse infiniment légère de la vallée qui se resserre autour de lui. Une peau fraîche effleure son visage. Il entrouvre les lèvres comme pour embrasser quelque chose qui serait de la vie. Une autre vie que sa vie d'homme.

— Tu comprends tout ça, petit ?

» Tu ne dis rien, mais je sais bien que tu comprends. »

Le Père Normand se lève. Son genou craque comme un jonc desséché qu'on écrase du pied. Il dit :

— J'ai vu que tu montais vers la roche pointue, après-midi, avec ton matériel; viens me montrer un peu ce que tu as fait.

*

Ils ont traversé le jardin où s'appellent les courtillières. Ils ont cligné des paupières le temps de s'habituer à la lumière de l'ampoule électrique.

Le passeur regarde la toile encore luisante appuyée contre le dossier d'une chaise.

Gilbert regarde le visage du passeur.

Un long moment il reste sans un mot. Ses yeux brillent. Ses paupières battent. Il va peut-être se mettre à pleurer ou bien à rire ; on ne sait pas au juste.

Sans quitter le tableau des yeux, il fait un pas vers Gilbert et pose sur son épaule une main qui se referme lentement, serre peu à peu comme un étau ; presque à faire mal.

— Et c'est toi, dit-il, qui voudrais me faire croire que tu ne sais pas lire dans le Fleuve ? Mais ton fleuve que tu as là, il me répète tout ce qu'il me disait cet après-midi quand je le voyais, en vrai, de mon bateau. Et pendant ce temps, toi, tu étais en train de marquer ce qu'il me disait : et tu me racontes que tu ne comprends pas ? Mais c'est tout écrit là :

» Ces nuages comme des montagnes avec du blanc dessus, vois-les qui pointent leurs têtes vers le nord. Et ces arbres qui ont l'air de se battre avec le vent pour arrêter sa course. Ce sont ces signes qui veulent dire : demain il y aura une petite remontée. C'est le vent du sud qui retient l'eau. Vois, elle mord le sable pour s'accrocher avec les mille griffes de ses vagues à la grande courbe de la plage. Et là, dans le milieu de l'eau, ce petit morceau de bleu que tu as mis, il n'est pas dans le ciel. Tu ne le voyais pas avec ces nuages pour le cacher. Mais le Rhône le voyait, lui. Il te le montrait. Il disait : "Je vois du bleu dans le ciel parce que moi je suis couché bien à plat sur la terre avec partout des yeux qui percent les nuages." Et ça voulait dire : "Le gros de la colère du vent est passé ; le ciel va se faire propre pour la nuit." »

Le passeur se tourne vers Gilbert. Son autre main se pose sur l'épaule du peintre. Il serre fort, et c'est bon de sentir cette force.

Gilbert pense que ces mains ne serrent pas comme des mains d'hommes. Les mains de ces hommes qui cachent toujours quelque chose dans leur tête, derrière leurs yeux éternellement secs.

— Tu vois, petit. Si je le racontais aux autres, ils se foutraient de moi : vieille bourrique qu'ils diraient. Mais à toi, je peux le dire : quand je vois ce que tu fais avec notre Fleuve, des fois j'ai envie de chialer parce que c'est tellement beau, tellement beau. Tiens ! je ne peux pas croire que ce soit chose possible.

» Qu'est-ce que je suis, moi ? Rien. Rien qu'un vieux qui aime son fleuve. Et tu vois, c'est ça le vrai. Le vrai de la vie.

» Tous les autres, ce qu'ils ont avec leurs

gros sous, c'est de la foutaise à côté de ce que j'ai. Et tout ça, tu l'as aussi, toi. Mais il faut laisser travailler le temps. Une fois que tout aura bien mijoté dans toi : tu sauras. Tu auras la vraie force. »

Le passeur fait un pas en direction de la porte puis, avant de sortir, il se retourne pour ajouter :

— La seule chose qui te manque encore, c'est d'avoir vu une grande colère de l'eau. Quand elle sera venue jusque chez toi, alors là, tu sauras ce qu'elle est.

*

Le passeur est parti.

Gilbert regarde encore sa toile. Elle est bonne, oui. Une bonne toile toute pleine de la vie de l'eau si forte qu'elle submerge l'angoisse de l'homme qui a peint.

Des moustiques attirés par la lampe sont venus se coller dans la pâte encore grasse. Gilbert éteint cette lumière qui empêche la chanson du fleuve de pénétrer jusqu'au cœur de la pièce.

La lune maintenant éclaire la toile.

Les rouges deviennent noir, les jaunes s'éteignent, tournent au vert très pâle. Les nuances disparaissent, les contrastes s'affirment; tout se transforme et tout demeure.

L'eau qui coule est toujours l'eau du Rhône, sa vie conserve son intensité.

## III

— Tu es couché ?

C'est Bertrand qui appelle de la porte. Gilbert a vu venir son ombre mince sur le plancher. Le gravier de l'allée n'a pas crissé : il connaît son pied nu. Gilbert s'approche du seuil.

— Non, dit-il ; j'allais me coucher. Qu'est-ce qu'il y a ?

— Prends les rames ; on sort.

— Avec ce temps de lune, je ne pensais pas qu'on pêcherait.

Et il fait un geste pour montrer la nuit.

— Nous non plus, dit Bertrand, mais la femme a su au village qu'il y a ce soir le bal de la classe à Millery. Alors tu comprends, faut en profiter, les cognes seront là-haut. Et la lune peut durer des jours à cette saison.

Ils vont prendre dans la remise chacun une paire de rames, l'armature d'un filet et une longue perche : l'harpie qui sert à pousser le bateau sur les hauts-fonds quand le courant est trop vif. Puis, ils sortent sur le sentier.

A voix basse, manie atavique des pirates avares de mots, Bertrand explique.

— On fait les deux bateaux. Moi et toi on monte du côté des graviers noirs ; Benoît et la femme descendront jusqu'à la Porte-Rouge. Marthe suivra le halage de leur côté pour guetter.

Puis, il ajoute :

— Il n'y a pas grand risque, mais on ne sait jamais.

Quand ils arrivent à la berge, les trois autres sont là, qui attendent. Les filets roulés en boule, sont déjà dans le fond des bateaux.

Ils embarquent.

Dans le bateau de droite, le plus petit, c'est Norine qui prend les rames. Sous sa graisse elle cache une force d'homme. Le fils pêchera, puis il aidera à l'harpie quand le moment sera venu de la remonte. Pour l'instant ils n'ont qu'à se laisser glisser en dirigeant afin d'éviter les roches ; c'est le Rhône qui fait le travail.

Pieds nus elle aussi, légère et souple comme un chat, Marthe est déjà partie. On voit de temps en temps, entre les feuillages des saules, sa silhouette élancée qui danse dans la lune. Elle porte son peigne brillant, on dirait une minuscule étoile accrochée dans la nuit de ses cheveux.

Au début, Gilbert avait peur dès qu'il la voyait partir ainsi sur le chemin de halage pour couvrir la pêche.

Mais elle sait à merveille imiter le cri de la hulotte effrayée ; elle sait se blottir au pied d'une souche et se confondre avec la nuit. Elle sait aussi courir très vite sans accrocher ses jambes aux pièges des ronces, sans toucher la pierre qui bascule et dont le choc trahit la présence. Elle sait toutes les caches, toutes les sentes inconnues du gendarme. Elle saurait au besoin traverser une lône en nageant sans faire plus de bruit que la couleuvre, avec juste sa tête posée sur l'eau telle une fleur noire. Elle est fille de la nuit et du Rhône. Elle va tout le long de la rive, silencieuse comme l'ombre d'un nuage.

A force de se répéter cela chaque soir, Gilbert a fini par s'habituer. On ne peut pas avoir peur toujours.

*

— Droite, bon Dieu, tu vas bronquer !

Gilbert tire plus fort sur la rame de droite : il était loin, sur la berge, avec Marthe, quand la voix de Bertrand a rompu le silence.

Etouffée, la voix reprend :

— Je sais pas à quoi tu penses, mais tu vas nous foutre dans les roches.

Profitant du retour de la meuille, ils ont contourné la digue. Quand on sait saisir le bon moment il est facile de quitter la lône. Le contre-courant vous porte, il donne l'élan au bateau. Passé la pointe, il faut souquer ferme vers l'amont, à une longueur de rame de la rive.

Scintillant, le fleuve file. Il lèche les roches grimaçantes aux moustaches d'algues.

Lentement, la barque monte.

Comme les hommes, les rames sans tolet ni verseau, retenues seulement aux plats-bords par deux lanières de cuir, sont muettes. Elles mordent l'eau sans la gifler; plongent assez profond pour éviter ces gargouillis auxquels on reconnaît l'apprenti rameur. Elles font leur chemin jusqu'au bout pour sortir de l'eau le long du bordage, dans le sens du courant. Puis elles reviennent en arrière, effleurant à peine les vagues, si vite et si près qu'on n'entend pas tomber les gouttes.

Comme s'il redoutait que Bertrand devine le fond de sa pensée, ou peut-être aussi parce qu'il a toujours cette idée du fleuve et qu'il a besoin d'en parler encore, Gilbert dit :

— A quoi je pense? On dirait que tu ne penses jamais toi? On croirait que tu t'en moques de tout ce qui se prépare rapport à la dérivation.

Bertrand émet une espèce de grognement. Gilbert sait que c'est sa façon de rire. Il dit :

— Tu peux te marrer; ça vaut la peine. Je me demande de quoi vous allez vivre tous autant que vous êtes, quand vous n'aurez plus le fleuve pour vous nourrir.

— C'est toi qui me fais rire. Au fond, même

sans la pêche, tu pourrais vivre si tu voulais vendre tes tableaux, alors que nous... Et c'est toi qui te fais le plus de tracas.

Gilbert ne répond pas. Le chant de l'eau meuble l'attente. Le temps de trois tirées d'avirons, puis il dit :

— Pauvre malin va ! Je vivrai toujours... Bien sûr, pour vous autres le Rhône c'est le poisson. Pas plus... Moi, c'est autre chose.

L'embarcation se coule maintenant à l'ombre des peupliers trembles inclinés sur l'eau sombre.

Bertrand commande :

— Aborde à la petite plage au-dessus de la Roche Pointue.

Le nez du bateau frotte et s'enfonce dans le sable mou. Deux vagues chuchotent dans une touffe de roseaux.

Bertrand empoigne l'armature, Gilbert le filet. Ils sautent sur la plage : deux ombres.

Leurs mains ont des yeux de chat pour monter le carrelet.

Tout en poursuivant son travail, Gilbert lance de temps à autre un regard vers le fleuve.

Oui, pour lui le Rhône est autre chose qu'une réserve à poisson. Pour eux aussi, peut-être ; mais ils comprendront quand il sera trop tard. Est-ce que Bertrand, par exemple, pourrait imaginer un instant ce que sera la vallée sans eau ? Là, devant eux, où la lune fait comme un chemin d'argent sur l'eau, un chemin vivant, qu'est-ce qu'il y aura ? Rien. Le vide. Des cailloux, du sable, de la vase qui séchera, les herbes d'eau qui crèveront sous le grand soleil. L'osier, le saule, les peupliers même qui crèveront de soif. Les poissons qui crèveront dans la vase. Les oiseaux qui s'en iront parce qu'ils n'auront plus d'arbres.

— Le vide tu auras. Le vide.

Gilbert vient de mâcher ces mots malgré lui. La colère qui monte en lui les a jetés hors de sa bouche sans qu'il le veuille.

— Qu'est-ce que tu déconnes, demande Bertrand ?

Gilbert sait que ses paroles seront inutiles. Il faut qu'il parle pourtant. Ne serait-ce que pour se soulager.

— Je dis qu'à la place du fleuve, tu auras le vide. Plus d'eau. La crasse des usines de Pierre-Bénite. C'est tout. Et toi tu t'en fous. Tu te dis que tu trouveras toujours du poisson ailleurs. Ici on comblera, on fera passer une route à la place du fleuve, on construira des usines à faire de la fumée, mais tout ça, toi, tu t'en balances !

— Je te répète que tu déconnes. Et puis, après tout, si tu as besoin de flotte pour vivre, tu feras comme nous, tu iras en chercher ailleurs.

Gilbert ne répond pas. Aux derniers mots de Bertrand, il a haussé les épaules.

« C'est bien vrai, pense-t-il, il ne peut pas comprendre. »

Le grand carrelet à mailles prohibées est monté. Chacun des angles a été minutieusement ficelé à l'extrémité la plus faible d'un arceau de saule écorcé. Il vibre, bien tendu, presque invisible dans la pénombre.

Bertrand, dont la maigreur dissimule une vigueur surprenante, saisit à deux mains la longue et lourde perche. Il la soulève. Au sommet, une solide courroie, arrondie par l'usage, retient croisés en faisceaux les quatre arceaux du carrelet. Gilbert a repris sa place aux avirons. Bertrand pose son pied droit sur la planche horizontale fixée à la proue du bateau ; il penche son corps en avant, puis sa jambe gauche se tend comme s'il repoussait la terre derrière lui. La barque oscille vers le large. Tout se passe sans bruit, sans rien qui puisse éveiller la paix de la nuit.

Face en avant, Bertrand est debout à la pointe du bateau. Son poing gauche sur sa hanche. Sa main droite serre le manche du filet. A chaque tirée de rames il balance d'avant en arrière ; on dirait qu'il danse une pavane langoureuse, sans soulever les pieds, avec un gros serpent pâle tout raide dans sa main.

C'est lui maintenant qui suit l'idée du fleuve.

— Et puis au fond, dit-il, tu es là que tu parles comme si tu savais tout. Mais qu'est-ce que tu sais donc ? Rien ? Rien de plus que nous. C'est pas parce que deux types à serviette sont venus prendre des mesures... On les connaît, leurs façons. Il y a comme ça des tas de types qui n'ont rien à foutre, alors on leur dit : va mesurer ci, va mesurer ça, et les gars mesurent. Et ils font des papiers. Et ils racontent des tas de choses pour faire les malins devant des imbéciles comme toi ; et après, le travail ne se fait jamais, vu qu'il n'y a jamais assez d'argent dans les caisses.

Ils n'ont pas besoin de parler pour leur pêche. Ils savent les coups. Depuis longtemps, Bertrand a enseigné à Gilbert la façon de s'en approcher suivant que le niveau de l'eau est plus ou moins élevé. Chaque fois que le bateau s'immobilise, le plouf du filet jeté bien à plat résonne dans le sous-bois des îles.

Bertrand ne parle plus. Gilbert préfère ne pas répondre. A quoi pourrait servir de répéter qu'ailleurs on a fait bien autre chose. A Donzère par exemple, le barrage, la dérivation. Et Génissiat donc...

Trois fois de suite le carrelet retiré se tend, à peine sorti de l'eau : rien.

Bertrand repose doucement l'extrémité de la perche entre ses pieds aux orteils nerveux légèrement écartés. De la main gauche il secoue le filet. Le tissu fragile s'ébroue en perles fines, impalpables. Deux feuilles mortes tombent, que deux mailles retenaient.

Sans tourner la tête Bertrand murmure :

— Y piquent à la lune.

Gilbert a compris. Ramant plus vite, il dirige la barque vers l'eau étale de la lône la plus proche.

C'est souvent ainsi : quand le clair de lune est trop intense le poisson ne vient pas sur le filet. Il faut mener la pêche où le noir est intact.

A cet endroit du fleuve, il y a tout un chapelet de bassins étroits. On les appelle les carrés. Une digue rocheuse embroussaillée d'ivraies, les sépare du grand courant, ouvrant çà et là une brèche tout juste assez large pour permettre le passage d'une barque savamment manœuvrée.

Gilbert donne l'élan pour franchir la passe. Le bateau semble pénétrer dans les roches. Les rames sont couchées sur les bordages. La barque passe sans toucher et s'engage dans l'eau morte.

Fendue par le sillage, la nappe stagnante frémit longuement. Le frisson triangulaire des vagues rectilignes court jusqu'aux rives qui l'accueillent en murmurant dans leurs multiples recoins peuplés d'ombres mystérieuses.

La barque disparaît sous la voûte charnue des peupliers et des saules.

Le tournoiement attardé d'un remous troue timidement le miroir sombre d'où jaillissent en spirales des étoiles éphémères. L'aiguille flexible et luisante d'un jonc paresseux se relève d'une révérence exécutée au passage des visiteurs nocturnes.

Du haut des frondaisons touffues, le hibou casanier, mécontent, lance sa plainte. Elle éveille sur l'autre rive l'écho des vastes peupleraies. Gilbert l'écoute, il la suit ; elle rampe d'arbre en arbre, elle va très loin là-bas, jusqu'au pied de la colline de Solaize. Puis, elle se tait, comme si elle avait trouvé un nid entre les derniers peupliers et les premières terres de l'Isère ; à l'endroit où les hommes veulent emprisonner le Fleuve.

## IV

La pêche n'allait pas fort cette nuit. Il a fallu monter très haut, presque en face le ponton de la traille des Sellettes, avant d'avoir assez de poisson pour payer la peine du voyage à Lyon.

Ils sont rentrés juste à la pique du jour. Le soleil encore terré vers l'est jaunissait le ciel à travers la brume inerte.

Ils ont fait vite pour laver les filets et remiser les rames. Puis, les Balarin se sont glissés sans bruit sous la petite voûte qui fait un trou noir dans le talus du chemin de fer. Ils sont rentrés chez eux. Comme toujours c'est Norine qui prendra le premier train pour porter vendre le poisson.

Seul sur la rive, Gilbert s'est baigné.

Il aime se baigner à l'aube quand il est seul avec le fleuve. Il lui semble alors que l'eau est plus pure. Nu, il plonge son corps dans le courant. Il nage, lutte contre l'eau folle de toute la force de ses muscles. Ses mains battent la chair du fleuve. Il arrive ainsi à lui tenir tête, à ne pas se laisser emporter vers l'aval. Oh ! pas longtemps, quelques minutes à peine avec tout autour de sa tête le tourbillonnement de l'écume, le grognement de la vague qui joue comme un bon chien retenant sa force. Puis, il faut céder. A bout de souffle, ivre de bruit et de vie, il s'accroche des deux mains à la dernière pierre de la digue. Là, il laisse les remous jouer avec son corps allongé comme une herbe souple.

Ce matin, il est resté plus longtemps que d'habitude. Il aurait presque pu s'endormir ainsi, au bercement de l'onde.

Pourtant, il est sorti d'un bond, alors que le soleil pointait son crâne de feu dans le pan du ciel posé sur la brume. Il a couru sur la digue. Il a ramassé en passant ses vêtements jetés sur un siège de la barque et trotté jusqu'à sa maison.

Tout son corps fumait dans le frais de l'aurore.

Il s'est étendu sur son lit avec, encore collées à sa peau, la tiédeur du fleuve et l'odeur du matin.

*

Il a dormi longtemps, rompu de fatigue par sa nuit de pêche.

*

C'est une chanson qui le tire de son sommeil. Une voix guillerette sur le sentier, avec des mots cristallins comme ceux de l'eau qui cascade par les brèches, entre les carrés, quand le fleuve se retire.

*Allant à la rivière*
*Hé O! Hé O!*
*La belle lavandière*
*Hé O! Hé O!*
*A rencontré un gars*
*Tire lire lonla*
*Qui l'a pris par le bras...*
*Tire la.*

Vite il saute du lit et passe son pantalon de toile brune bariolé de peinture.

Marthe est là. Sa silhouette gracieuse se dessine sur le clair des arbres dans l'encadrement de la porte.

Elle rit.

— Tu t'éveilles, demande-t-elle ?

Il l'embrasse. Puis il dit :

— Oui je m'éveille. Et c'est bon tu sais d'être éveillé par ta chanson.

— Je m'en doutais bien un peu que tu dormirais tard, aussi je t'ai apporté de quoi manger. Tout prêt. Regarde : un beau chavasson frais sorti du court-bouillon et un petit bol d'ailloli.

Elle pose son panier sur la table.

— Tu vas manger avec moi alors, j'ai les

premières tomates du jardin et des oignons blancs.

— Non, j'ai déjà mangé avec les hommes. Ils sont aux boules. La mère a dû rater le train de midi.

Il la prend par les épaules et l'attire contre lui, Il l'embrasse pour la remercier de ce qu'elle a apporté, puis il demande :

— Alors tu poses, cet après-midi ?

— Oui, dit-elle, et tu vois j'ai mis mon peigne de gitane.

Ils rient tous les deux, puis elle appuie sa tête contre la poitrine de Gilbert et, baissant la voix, elle ajoute :

— Tu avais raison tu sais, l'autre jour. J'ai regardé dans l'eau cette nuit. J'ai vu. Tu as raison de me peindre comme ça.

*

Il y avait déjà plus de six années que Gilbert pêchait avec les pirates quand il a remarqué pour la première fois que Marthe était une jeune fille. Ce jour-là, ou plutôt cette nuit-là, toute la vallée commençait, comme chaque année, le nombre d'or de ses amours. De tous les buissons, de toutes les touffes d'herbe, de tous les arbres, des rives, de la terre, de l'eau, du ciel même on entendait sourdre ce murmure du printemps qui est le soupir passionné de la terre en extase.

Le soleil avait flâné plus longtemps que les autres jours avant de s'endormir à demi dans la profondeur molle des collines mauves. Il avait répandu un sang plus rouge, plus généreux entre les arbres encore nus.

Dans un incessant fourmillement de vagues menues, la lône commençait sa récolte d'étoiles.

Une nuit sans lune.

Mais une nuit pleine de clarté. Toute la lumière venait de l'eau qui sait garder longtemps après le crépuscule la couleur tendre des ciels de printemps.

Cette année-là, on n'avait pas vu partir l'hiver.

D'un bloc, la terre s'était éveillée. Le ciel avait montré son azur le plus calme, le plus transparent et le soleil avait eu l'air de se perdre dans cet immense espace, sans rien à caresser que le ventre encore froid de la terre.

Plus à l'aise dans cet air neuf, ils s'étaient retrouvés tous les cinq près des bateaux. Sans vêtements d'hiver, ils n'avaient plus leurs mouvements gauches ni leur démarche pataude bottée de crêpe.

C'était le printemps pour la terre et pour les hommes.

Gilbert avait senti en lui comme une envie de chanter, un besoin de joindre sa voix à celles de la terre. Mais la chanson de la terre au printemps, c'est une chanson de vie et d'amour. Et il s'était aperçu que l'hiver venait d'emporter la petite fille des pirates. A la place de la gamine engoncée dans un manteau trop long pour elle, avec sur sa tête un cache-nez de laine bistre, il découvrait une fille de dix-sept ans, mince et frêle encore, mais déjà femme.

C'est toujours ainsi, par un soir de printemps, que les larves aveugles quittent leur chrysalide, que les nymphes déploient leurs ailes de papillon.

Gilbert avait imaginé que Marthe n'était pas la fille des Balarin, mais la fille de la vallée. Le fruit né de la prégnante étreinte du ciel et de la terre quand l'hiver soulève sa lourde paupière grise. Le fruit du merveilleux baiser de la lumière et de l'eau quand la voix nourrie du fleuve éclabousse le vent.

*

Et voilà maintenant plus de deux ans qu'ils s'aiment. Plus de deux ans qu'ils ont commencé de s'aimer, tout simplement, parce qu'ils avaient tous les deux besoin d'aimer.

*

Il y a quelques jours, Gilbert a décidé de faire le portrait de Marthe. Il en avait envie depuis longtemps. Il a travaillé, assis en face d'elle dans le jardin tout un radieux après-midi.

Quand il peint, il n'aime pas parler. Alors

c'est elle qui parle. Puis, quand elle ne sait plus quoi dire, elle chante. Elle chante n'importe quoi. Souvent même des mots qu'elle invente et qui sont toujours doux et sonores à la fois. Le fleuve, avec ses mille voix bien accordées, l'accompagne.

*

Après la première séance, en voyant son portrait, la petite avait eu l'air déçue. Puis, elle avait ri en demandant :

— Mais pourquoi tu m'as faite comme ça ? Ce n'est pas moi. Je ne me reconnais pas. Tu me vois de cette manière ? Et tu vois tout le monde ainsi toi, avec tes yeux de peintre ? C'est drôle comme les peintres voient !

Gilbert souriait.

— Mais non, petite fille : c'est toi seulement que je vois ainsi.

— Mais enfin, pourquoi tu as mis ce noir tout autour de ma tête ? Et ce vert dans mes cheveux. Et cette tache qui brille comme un éclat de verre au-dessus de mon front. Et ce vert aussi dans mes yeux ? Je sais bien que j'ai les yeux noirs ; et toi aussi tu le sais bien !

Comme elle se fâchait de le voir rire, il l'avait prise dans ses bras pour expliquer :

— Bien sûr que je sais tout ça. Mais je sais aussi que tu es ma petite fille du Rhône. Ma petite fille du Rhône et de la nuit. Tu croyais peut-être que j'allais te peindre comme tout le monde te voit chaque jour, avec dans tes cheveux la lumière du soleil et tout autour le bleu du ciel de midi.

Non. Il voulait la peindre comme il la voyait la nuit, quand elle s'en allait guetter pendant la pêche. Quand elle était tapie sous le tronc incliné d'un saule, avec sur son visage le reflet de la lune qui danse dans l'eau.

— Ce que tu appelles du noir autour de ton visage, c'est le vert de la nuit.

Le vert mystérieux de cette nuit où il y avait malgré tout du danger pour elle.

— Mais cette couleur, elle me donne froid rien que de la regarder.

Ces mots... C'était elle qui venait de les prononcer ! Alors, elle comprenait ? Ou du moins elle sentait. Elle, la petite fille qui jusqu'à présent avait regardé ses toiles comme des cartes postales en couleur !

Alors Gilbert avait expliqué.

— Tu vois bien que tu comprends ! Ce froid, c'est celui que je ressens toujours quand je te vois partir dans la nuit. Ce vert dans tes yeux avec ces parcelles d'or c'est la couleur de l'eau quand les vagues ont leurs petites mains bien serrées les unes contre les autres et qui jouent à faire couler entre leurs doigts le sable fin des étoiles. Cette tache qui brille dans tes cheveux, tant et tant qu'on dirait un diamant, c'est ton peigne de gitane.

C'était ce peigne que Gilbert suivait des yeux, depuis la barque. Pour lui, Marthe était plus belle avec cette flamme vivante de la nuit dans ses cheveux que si elle avait porté le plus précieux des joyaux.

— C'est toi qui ris maintenant. Tu crois que je me moque de toi ? Eh bien ! la prochaine fois que tu iras guetter sous la lune, penche-toi sur l'eau et regarde-toi dans le fleuve. Tu ne reconnaîtras peut-être pas la petite fille que tu vois chez toi dans un miroir, mais tu verras le petit oiseau de nuit que j'ai peint en te regardant.

Puis, il s'était tu. Il s'était tu pour l'embrasser parce qu'il aurait peut-être ajouté :

« Ce que j'ai voulu peindre, ça n'est pas seulement ton visage, mais c'est le reflet du fleuve sur ton visage. »

Et il aurait pu dire aussi :

« En t'embrassant, c'est un peu de fleuve que je serre contre moi. Quand je cache ma figure dans tes cheveux et que je respire, je ne trouve pas un parfum de femme. Je sens l'odeur du fleuve. Cette odeur qui fait dire aux gens du village : la fille des pirates est jolie, mais elle sent la vase et le poisson. C'est une odeur que j'aime, moi, plus que les parfums de toutes les autres femmes. »

Il aurait pu dire encore :

« Quand tu es assise à côté de moi, le soir, sur la murette de mon jardin, quand nous écoutons tous deux la chanson de la meuille, quand la nuit souffle dans la soie de tes cheveux défaits sur mon épaule, si ton pied nu frôle mon pied nu, c'est une vague du fleuve qui vient lécher ma peau. »

Il aurait pu parler longtemps ainsi. Dire enfin :

« Quand nous serons mariés ; que je t'aurai à moi seul dans ma maison, loin du village des hommes, quand je sentirai ta vie couler contre mon corps, je crois que je serai plus près du fleuve encore. Je me sentirai lié à lui ; notre union sera plus étroite, plus définitive. Car je sais que ta vie, à toi, c'est le fleuve. Tu es le nymphéa qui a ses racines au plus profond de l'eau et qui meurt si on le transplante en terre sèche. Et si un jour je voulais partir, si j'étais assez fou, une minute seulement, pour vouloir m'en aller, tu garderais tes pieds dans l'eau, accrochés au sable comme des racines et tu nouerais les corolles de tes mains autour de ma tête pour me retenir là. Là où est la vie. La véritable vie. »

## V

Cinq semaines se sont écoulées. Cinq semaines sans une goutte de pluie, sans le moindre nuage entre la terre brûlée et le feu du ciel.

Trois fois encore les hommes à serviette sont venus. Et chaque fois le Père Normand a déclaré en riant :

— Dire qu'il faut que ce soit moi qui les traverse ! Ils ont du culot quand même, des gens qui viennent ici pour m'ôter le pain de la bouche. Pour me voler mon Fleuve !

Et la dernière fois il a ajouté :

— Ils m'ont laissé entendre que le travail commencera le 1er août. C'est du peu mon gone, c'est du peu. D'après eux, il y en a pour plus d'un an.

Et, là encore, il riait.

Mais Gilbert s'est demandé s'il n'y avait pas dans son rire quelque chose qui ne sonnait pas comme les autres jours. Un peu comme le rire de celui qui dit à un mourant : « T'en fais pas, mon gars, dans huit jours tu trotteras comme un lapin. » Alors, il n'a pu se garder de répondre :

— Ça n'est pas bien, Père Normand, de rire du malheur qui nous vient. Je sais que maintenant vous ne pensez plus comme avant ; mais vous ne voulez pas que ce soit dit d'avoir eu tort.

Le passeur a fait mine de se fâcher.

— Gamin, a-t-il dit, toi aussi tu me prends pour une vieille baderne alors ! Si tu ne crois plus ce que je dis c'est que tu ne crois plus non plus en la force du Fleuve. Si je dis que ces gens me font rire, c'est qu'ils me font rire, tous autant qu'ils sont, avec leurs serviettes et tout leur fourbi. Mais qu'est-ce qu'ils se croient donc, eux, à vouloir jouer comme ça avec le fleuve ? Ils croient peut-être s'amuser avec une rigole comme les gones. Et je te pose une pierre dans la rigole, et je te creuse un petit canal à côté, et je te fais passer l'eau dedans.

» De la blague, je te dis, tout ça ; de la blague.

» Bien sûr, ils ont la bonne impression maintenant. Ils s'amènent comme des nigauds en fin de juillet, quand on n'a pas vu une goutte d'eau depuis près de trois mois, et que le sud a soufflé comme un enragé tout le printemps pour sécher les glaciers. Ils ont la bonne impression, c'est sûr ; mais ça changera. Toute cette eau qui ne tombe pas maintenant elle reste quand même quelque part dans le ciel. Il faudra bien qu'elle tombe un jour ou l'autre. Je sais ce que ça ménage, moi, un été sec. »

Et toute cette semaine il n'est pas resté un seul soir sans venir bavarder avec Gilbert. Il s'attarde plus longtemps que d'habitude.

Gilbert se demande parfois s'il vient à cause de lui, de peur qu'il parte, ou s'il a simplement besoin de s'entendre parler de ces choses.

Chaque soir, il regarde ce que le peintre a fait au cours de la journée en répétant que c'est là une preuve de la grande force du Fleuve.

Un soir, il a vu le portrait de Marthe. Il a regardé longtemps sans rien dire, avec seulement sa grosse tête qui branlait un peu.

A la fin, il s'est levé pour partir. Il a fallu que Gilbert demande :

— Alors ?

Le passeur a pris le peintre par le bras. Il l'a conduit jusqu'au seuil de la maison. Là, il a tendu sa main pour montrer la pointe de la digue où les remous se disputaient des morceaux de lune.

— Vois-tu, garçon, moi, quand je veux regarder quelqu'un, je le regarde comme ça, bien en face ; mais pas dans une glace.

Et il a ajouté simplement :

— Bonne nuit mon gone. Ce que je dis moi, tu sais...

Puis, il s'en est allé de son long pas souple sur le sentier, entre les touffes de ronces aux chevelures semées de jade.

Cette nuit-là, avant de s'endormir, longtemps Gilbert a écouté la chanson de l'eau qui semblait répéter comme un perpétuel écho :

« Pas dans une glace... Pas dans une glace... »

*

Cinq semaines se sont écoulées, lentement, dans l'attente, et dans la crainte aussi de les voir s'achever.

Ce matin c'est lundi. 1er août.

Ils n'ont pas pêché cette nuit.

Une nuit accablante, sans un souffle d'air. Sans une levée de brume.

Gilbert s'est tourné et retourné sur son lit jusqu'à l'aube.

Le Fleuve s'est encore retiré.

De la maison, il faut tendre l'oreille maintenant pour s'assurer qu'il est toujours vivant. En écoutant bien, tant que le village n'est pas éveillé, on entend quand même glisser son ventre lisse sur les galets. Mais il ne donne plus contre la digue retentissante les coups de bélier de son épaule vigoureuse.

On dirait un orchestre qui continue un morceau sans les basses.

Est-ce qu'un orchestre peut jouer longtemps quand il manque la moitié des musiciens ?

*

Gilbert s'est levé aux premières lueurs de l'aube. Il a traversé la lône asséchée. La vase n'est plus qu'une croûte verdâtre qui se craquelle déjà, avec par endroits la traînée plus foncée d'une algue, humide encore et flasque telle un serpent crevé. Des mouches se collent au ventre blanchâtre des poissons minuscules restés prisonniers dans les trous.

Il lui a fallu aller loin, de l'autre côté de la digue qui pose son grand bras inutile sur un banc de gravier.

Là enfin, il a trouvé l'eau vive qu'espérait la moiteur de sa peau.

*

Maintenant, le soleil monte.

De sa maison, Gilbert le voit entre les peupliers de l'autre rive. On dirait qu'il les chasse devant lui, qu'il les écarte pour se faire le passage jusqu'au fleuve zébré de cuivre. Le feu grignote les cimes. Tout le haut de la peupleraie grimace sous une fontaine d'or.

Le peintre prend sa musette. Dans une des poches, les tubes de peinture sont pêle-mêle avec les pinceaux, la bouteille d'essence, la palette. Dans l'autre, il place un torchon mouillé où il a roulé trois tomates et quelques pêches : il fera chaud tout à l'heure et il va sur la colline ; là-haut, du côté du « Bois Cantal » où le soleil écrase le soir les cimes pauvres des pins étiolés.

Il ne va pas souvent peindre de ce côté, si loin du fleuve ; mais ce matin part-il vraiment avec l'intention de peindre ?

Torse nu, pieds nus, ses jambes de pantalon retroussées jusqu'à mi-mollet, il va. Sa musette à l'épaule, son chevalet d'une main, une toile vierge de l'autre, il traverse le village qui ouvre ses premiers volets avec des grincements rétifs. Il a encore des gouttes blondes accrochées aux broussailles de sa poitrine.

Il débouche sur la route un peu au-dessus de l'église. Le clocher carré appuie de toute son ombre épaisse sur l'herbe jaunie du talus.

Il pense :

« Avec cette manie qu'ils ont de tout bouleverser, bien étonnant qu'ils n'aient pas encore démoli ces vieilles pierres qui savent tant de choses, pour coller à la place un pavé de ciment. »

Il suit la route un temps. Puis, passé la dernière maison, il tourne à droite par le sentier de « La Rossignole ». Plutôt qu'un sentier, c'est une ravine tortue creusée par l'eau des orages à la jointure de deux coteaux. De chaque côté, un mur de pierres sèches, haut d'un demi-mètre, retient la terre des champs plantés d'abricotiers. Les arbres sont alignés le long des sillons tirés bien droits, sans une pousse d'herbe entre leurs mottes égales. Les branches plient sous la charge des fruits gonflés de soleil.

Tout au bout d'une plantation, une femme

cueille. En fermant à demi les yeux on ne voit que la tache d'albâtre de son corsage monter et descendre comme un gros papillon. Elle semble chercher une trouée pour pénétrer dans l'ombre des feuillages.

La sente grimpe encore entre le roux d'une friche et le vert neuf d'une jeune plantée d'acacias.

Les galets roulent sous le pied. Ils sont tièdes déjà.

De l'autre côté de la vallée, le soleil grimpe aussi. On ne peut plus le regarder. Il chauffe à blanc toute une moitié de la voûte bleue du ciel.

Arrivé sur le replat, Gilbert s'arrête. Il se tourne face à la lumière.

Vue d'ici la grande boucle du fleuve est un croissant de ciel posé au fond d'une ride de la terre. Un peu à gauche, l'ocre des vieux toits, l'ivoire des façades peintes de soleil, le trait violet d'une venelle encore noyée de pénombre. Le village doit vivre maintenant.

Ici, le calme.

Un bain de silence et de lumière.

Le peintre a posé son matériel dans l'herbe de la friche. Il s'assied. Des tiges mortes craquent comme une poignée de sarments qui flambe.

Il guette.

C'est de là qu'il verra le mieux.

Il met sa main en visière sur ses sourcils froncés.

Très loin, au-delà du fleuve, au-delà des peupleraies, il aperçoit un grand tronçon de la route nationale qui file vers le midi. Seules quelques voitures passent.

Le premier train ébranle la colline. On ne voit que sa fumée qui traîne une ombre transparente sur le coteau. Il doit être six heures.

Le silence reprend sa place.

Il semble plus dense d'abord, après ce bruit venu d'un autre monde et qui s'éloigne en direction de Lyon.

Puis, peu à peu, on se rend compte que ce silence est fait des mille voix de la terre ; un silence qui sent bon la vie.

Les aiguilles audacieuses du chiendent clairsemé percent le feutrage paillé de la laiche et boivent les dernières gouttes de rosée. De frêles graminées, agitées d'abeilles, balancent l'araignée au centre de sa toile. Derrière, dans une touffe de sureau, deux merles se poursuivent.

Partout, c'est un fourmillement de vie. Ces prés, ces champs, ces arbres, cette lumière, tout déborde de vie.

Une pierre roule dans le sentier. Gilbert se tourne. D'un bond Marthe est sur le talus. Elle s'arrête un instant, puis traverse la friche très vite. Elle s'assied à côté de Gilbert, passe son bras autour de sa taille.

— Je savais te trouver là, dit-elle.

Il ne répond pas. Il ne saurait dire si cette présence lui déplaît, mais il s'aperçoit que, depuis hier au soir, pas un instant il n'a pensé à Marthe.

Immobiles, ils sont deux maintenant à fixer la route.

*

D'un coup, ils se sont dressés.

La vie de la terre s'arrête.

Là-bas, un camion vient de quitter la grand-route pour s'engager dans le chemin sinueux de la Pagantière. Puis, un deuxième. Un nuage crayeux monte derrière eux dans le soleil et s'étale sur les prés comme une large fleur indolente. Les camions quittent le chemin où commencent les arbres. D'autres fleurs de poussière s'élèvent encore pour se coucher dans l'herbe. D'autres camions s'alignent. Cinq. Six. Ils sont dix maintenant. Une voiture luisante arrive et lance un éclat de lumière au moment où elle tourne.

Un temps. Puis vient encore un autre camion. Plus court. Plus lent aussi, il traîne quelque chose derrière lui. Quelque chose avec une grosse antenne rigide. Il cahote pesamment comme un insecte maladroit.

C'est tout. La poussière retombe.

Les insectes pondent de tout petits points noirs qui s'affairent autour d'eux comme des mouches.

Le plus gros des insectes a des soubresauts, il lève son antenne et la plie en deux pour gratter le sol à côté de lui. Il doit avoir au bout une mâchoire qui déchire le tapis du pré. Puis il la tend, la relève, tourne sur lui-même et crache de la poussière sur le dos d'un autre insecte.

On dirait un jeu.

Marthe et Gilbert regardent, les yeux fixes, brûlés de soleil.

Le mouvement continue, régulier, mécanique. L'antenne se lève. Plie. Mord la terre. Se relève. Pivote sur sa base. Crache sa poussière. Tourne, plie, mord, se lève, pivote, crache, tourne. Automatique ; obsédante.

Le petit insecte en a assez de ce jeu. Il s'éloigne avec son dos tout sale. Il reprend le chemin, puis la route ; en direction de Vienne cette fois.

Un autre le remplace. Le jeu recommence.

A force de regarder, Gilbert a devant les yeux une buée qui vibre. Il les ferme un instant et essuie ses paupières. La main de Marthe s'est crispée sur la sienne. Elle est moite.

Marthe le regarde. Ses yeux aussi sont mouillés. Le soleil ? Les camions ? Oui. Mais n'y a-t-il pas autre chose ?

Gilbert sent qu'il devrait parler, trouver des mots pour s'excuser d'être venu seul. Des mots qui rassurent.

Il serre plus fort la main de Marthe. Puis, il l'attire contre lui, écarte un peu ses cheveux pour poser ses lèvres sur sa nuque.

Un moment, ils demeurent ainsi, l'un contre

l'autre, seuls dans le soleil qui écrase la vie de la terre.

*

C'est Marthe qui a parlé, qui a dit : « La mère m'attend, il faut que je descende. » D'un geste hâtif Gilbert a ramassé son attirail épars.

Elle le regarde traverser la friche à pas pressés, filant droit vers le sud, vers la crête dentelée des pins.

Bientôt, il n'est plus à son tour qu'un tout petit insecte, avec son dos couleur de hanneton, qui pénètre dans l'ombre bleutée des arbres.

## VI

Ce soir le Père Normand sent le vin plus que d'habitude. Il parle plus fort et plus vite aussi. Sitôt entré, il a lancé :

— Alors gone ! On ne t'a pas vu de la journée. Tu as dû abattre de la besogne. Tu es monté par les terres d'en haut, je parie. Hein ?

Gilbert a fait oui de la tête.

— Tu les as vus, ces brigands ? Ils tremblent déjà devant le Fleuve. Il est tout petit, bien sage dans son creux, et ils en ont déjà peur. Ils ne sont pas venus aujourd'hui pour se faire traverser, les hommes à serviette. Ils ont pris la route des camions, de l'autre côté. Il me tarde de rire petit. Il me tarde !

Puis, il s'est assis sur le rebord de la fenêtre.

Avec une chemise déchirée, Gilbert essuie une poignée de pinceaux. Les manches de bois claquent les uns contre les autres. C'est le seul bruit.

La chanson du fleuve est si faible, si lointaine, mieux vaut dire qu'on ne l'entend plus. A peine le dernier souffle d'une bête, d'une toute petite bête.

Gilbert range ses pinceaux dans sa musette.

Le passeur demande :

— Alors mon gone ; tu me montres un peu ce que tu as fait ?

Sans rien dire Gilbert pose une toile contre le pied du lit :

Au premier plan, les troncs et les branches des pins dressent une barrière sombre. Entre ces traits lourds comme des plombs de vitrail, des taches de cadmium, d'émeraude, d'indigo. Les prés grillés de soleil, les arbres, le fleuve.

Un fleuve immobile, sans une ride, sans un remous ; que l'on dirait figé. Tapi là, dans l'attente.

Le Père Normand ne dit plus rien. Il a posé son menton sur la masse de son poing fermé.

Il regarde.

Après un long moment, il se tourne vers le peintre.

— Bien sûr, dit-il, ça n'a rien à voir avec le reste.

» Il est bien certain qu'on ne peut pas voir le fleuve de là-haut comme on le voit d'ici. Mais on peut pas dire le contraire : il y est quand même. Il est comme une force qui se cache. Au fond, ce n'est pas toujours ceux qui montrent leur force qui en ont le plus. »

Il passe sa main sur son visage. On voit qu'il

voudrait ajouter quelque chose, mais il ne sait plus.

Il se lève. Fait un pas vers la porte, se retourne, regarde encore la toile puis, comme à regret, il ronchonne :

— Tout de même, c'est bigrement triste ton truc... On dirait quasiment que la terre a une fente et qu'on voit du ciel de l'autre côté.

# VII

Voilà bientôt un mois que ça dure. Quand le vent vient de l'est on entend d'ici la rumeur confuse du chantier.

Chaque jour le Père Normand traverse des pleins bateaux de gens du village qui vont faire un tour là-bas ; pour voir comment se fait une dérivation.

Le soir quand ils reviennent, ils parlent de ce qu'ils ont vu. Il paraît qu'il y a au moins dix pelles mécaniques, des tracteurs, des bulldozers et plus de trente camions. Sans compter les hommes. Beaucoup d'hommes, avec des pelles, des pioches, et des marteaux pneumatiques. Ce doit être eux que l'on entend crépiter comme des mitrailleuses enragées dévidant d'inépuisables bandes.

*

La nuit dernière, pendant qu'ils pêchaient, Bertrand a dit :

— Demain après-midi on va tous voir le chantier ; si tu veux venir avec nous on te prendra en passant.

Gilbert n'a pas répondu. Il aurait trop mal de voir ça. Et pourtant il voudrait savoir.

Savoir.

Savoir exactement où ils en sont de leur travail.

Savoir ce qu'ils font au juste.

Quand « ça va » finir.

Ne lui suffit-il pas de savoir que des hommes, là-bas, creusent un canal ? Que ces hommes disposent de moyens formidables. Que tous les mots qu'on pourrait dire, tous les gestes qu'on pourrait faire seraient inutiles. Que rien n'empêchera...

Rien...

Ou alors...

Mais toujours pas leurs pauvres forces d'hommes.

Le sentiment qu'ils ont tous, au fond d'eux-mêmes, Benoît l'a exprimé l'autre soir, Benoît qui ne parle jamais. Il a grogné :

— De la dynamite, qu'on devrait foutre sous leurs machines, une nuit.

Son père l'a fait taire. D'ailleurs, il n'y a rien à craindre, seul il n'ira pas.

Gilbert sent en lui cette haine qu'entretient la rumeur du chantier. Une rumeur qui achève de tuer la chanson du fleuve.

Il y a cette haine ; et sa curiosité d'homme.

*

Aussi, tout à l'heure, comme les Balarin passaient sur la sente devant son jardin, Marthe s'est détachée du groupe. Elle est venue jusqu'à lui. Elle l'a regardé avec ses grands yeux pleins de soleil en demandant simplement :

— Tu viens ?

Il a pris les rames et une bonne harpie, puis il l'a suivie.

Ils sont tous montés dans la plus grande des deux barques. Bertrand s'est assis à la pointe, sur le plancher de pêche, le dos tourné à l'avant. Entre lui et Gilbert qui a pris place aux avirons, il y a Benoît. Debout, jambes écartées et les pieds bien calés contre les courbes, il pousse à l'harpie. Les deux femmes sont assises en queue, sur le couvercle du banneton à poisson. Norine a noué autour de sa tête un foulard marron à pois rouges. Ses seins lourds tirent sur son corsage ; par l'échancrure du col mal fermé, on aperçoit un petit triangle de peau blanche : un endroit que le soleil n'avait jamais vu.

A côté de sa mère, Marthe paraît plus mince encore. Elle, c'est surtout le vent qui gonfle son corsage. Ce vent qui soulève en auréole tout autour de son visage ses longs cheveux défaits.

Il y a ce soir quatre jours qu'il court, ce sacré vent du midi. Un vent blanc. Il ne pousse devant lui qu'une odeur âcre de sable surchauffé et rebrousse l'eau brasillante du fleuve hérissé de vagues courtes, nerveuses.

Les saules, parcourus d'incessants frissons, rampent suivant les rives en un ondoiement argenté. Les peupliers obséquieux se confondent en multiples courbettes dans un entrelacs de cimes et de branches souples. Parcimonieux, ils regrettent l'essor indécis de rares papillons glauques.

Le soleil désherbe les coteaux. Impitoyable, il repousse au pied des arbres une ombre efflanquée, ridicule.

Il faut monter assez loin en longeant la berge avant de traverser. Gilbert sent la sueur couler le long de son dos. Chaque fois que son corps se tend en arrière, sa poitrine se dilate. Elle s'emplit de force. Il aspire d'amples bouffées de vent et il pense que ce vent a couru tout au long du fleuve depuis la mer.

Il tire sur les rames de toute la puissance de ses bras. Il tire tant que parfois le bois des plats-bords gémit sous l'effort.

Il sent derrrière lui les poussées énergiques de Benoît qui appuie de tout son poids sur la perche patinée par le frottement des mains et que le courant fait vibrer. Souvent les galets roulent sous le bois usé et la perche glisse. Benoît jure entre ses dents, cherchant une meilleure prise à l'angle d'une roche.

Ils peinent ainsi pendant trois cents mètres environ. Ces trois cents mètres, il faut les gagner pied à pied sur le fleuve impétueux, dont toute la force est concentrée dans le peu de largeur qui lui reste. Puis, Bertrand dit :

— Ça suffit de remonte. Nez à la lève tu vas droit chez Pierre.

Benoît couche l'harpie dans le fond du bateau et s'accroupit pour ne pas donner trop de balan.

Tournée aux trois quarts vers l'amont la barque se détache de la rive. Il faut ramer de maîtresse façon et sans arrêt, pour ne pas être entraîné à la « déscise ».

Le bois des rames brûle la paume des mains. Le soleil brûle la peau des épaules. Le vent brûle la gorge.

On a l'impression de descendre très vite. Les arbres se tassent. Leurs têtes alourdies de lumière écrasent des trous charbonnés qui se nuancent de violine à mesure qu'ils s'éloignent. Et tout cela défile derrière les deux femmes oscillant en cadence.

Bientôt Gilbert entend, dans son dos, l'autre rive qui s'avance.

Bertrand dit :

— C'est bon.

Alors Gilbert donne un dernier coup plus long que les autres, puis il sort les rames de l'eau et se tourne à demi pour voir.

Ils sont juste devant le café.

Encore un coup de la droite pour orienter le bateau face à la berge et Bertrand saute. La chaîne se déroule, crisse un peu, se tend. L'avant du bateau grommelle sur les galets.

La maison de Pierre est là, à deux pas, accoudée aux jeux de boules surélevés, trop accueillante derrière ses tonnelles de glycine, pour qu'ils n'entrent pas. Et puis, Pierre est un bon client pour le poisson. Chaque samedi, quand le temps laisse espérer un dimanche ensoleillé, il prend ses vingt livres de friture.

Sans se consulter ils se dirigent vers la porte de la cuisine qui s'ouvre à l'ombre d'un mûrier.

Ils entrent.

Bertrand d'abord, annonçant :

— C'est nous.

Benoît ensuite qui grogne en signe de bonjour. Puis Norine que la chaleur fait suffoquer :

— Dieu de temps... On en crèverait.

Enfin, Marthe, et Gilbert qui se baisse un peu pour ne pas donner de la tête dans le chambranle.

*

Ils ont bu, en habitués avec un verre pour le patron, sur la table en sapin bien propre de la cuisine. Ils ont bu ce vin clairet tout frais monté de la cave dans un pot couvert de buée. Et, tandis qu'ils parlaient tous ensemble du temps et de la pêche, avec la complicité d'un volet ajouré, l'obstacle frénétique d'invisibles feuillages jouait, allumant de brefs rubis au fond des verres.

Et c'était bon cette halte dans la demi-obscurité de la pièce basse au fourneau éteint tout luisant de graisse.

Une halte comme s'ils avaient été en promenade. Une simple promenade sans but. Où l'on va, sans savoir où l'on va, en parlant de tout et de rien.

Ils allaient sortir quand un homme est entré. Un petit, maigre, noir de cheveux et de peau, couvert de poussière. Un qui n'est pas du pays.

Il portait deux musettes en bandoulière. Il en a tiré des litres vides. Avec un accent étranger, il a demandé du vin. Ils ont compris que c'était un du chantier.

Tant qu'il est resté là, personne n'a soufflé mot. Tous semblaient gênés et Gilbert a observé la grosse main courte et velue de Benoît crispée autour du pot de vin qu'elle serrait à en trembler.

*

Ils ont traversé la peupleraie qui gronde et craque de tous ses membres. Les voilà maintenant à la lisière.

A mesure qu'ils approchaient, la rumeur du chantier se faisait plus nette. Elle prenait forme. Des bruits se distinguaient à travers le crépitement des marteaux pneumatiques : claquements secs, ronrons saccadés des moteurs qui peinent, grincement des poulies. Il faudrait crier pour se faire entendre.

D'ailleurs ils n'ont pas envie de parler.

Ils restent plantés là tous les cinq, à la limite des derniers arbres. Une force qu'ils portent en eux les empêche d'avancer; de quitter cette forêt née du Fleuve et qui appartient encore à leur univers.

Devant, à cinquante pas à peine, c'est un autre monde. Un monde hurlant. Un monde fait de fumée irrespirable et de poussière que le vent soulève très haut; qu'il malaxe et modèle dans ses grandes mains de feu.

L'Enfer.

Un enfer où tout a la couleur de la poussière : les machines, les camions, les hommes, l'herbe, les arbres même.

Dans cet univers monochrome où tout est mouvement, la terre elle-même tremble et se soulève.

Un tracteur à gueule de bouledogue monstrueux remorque une charrue géante. Un engin qui ne trace pas des sillons, mais creuse de véritables tranchées de près d'un mètre de profondeur. Des bennes le suivent qui emportent au fur et à mesure la terre remuée. L'une après l'autre, avec une régularité mathématique, elles s'éloignent et disparaissent happées par l'atmosphère compacte, croisant celles qui reviennent leur chargement vidé.

Plus loin, brossée en aplat dans une pâte embue, une espèce de grue plus haute qu'une maison semble un animal de la préhistoire. Elle avance à la vitesse d'un pas de promeneur, lançant devant elle sa flèche effilée. Cette flèche est armée à son extrémité d'incisives d'acier qui s'enfoncent dans le sol. Rien ne résiste à une telle mâchoire. Quand les câbles plus gros qu'un bras d'homme se tendent pliant la flèche articulée, tout craque et se déchire : pierre, terre, racines.

Le vrombissement des moteurs couvre les gémissements de la terre écrasée, blessée, lardée de mille entailles.

Et tout ce qu'ils peuvent voir, de la lisière du bois, n'est qu'une infime partie du chantier. Ils ne voient que l'avant-scène, mais ils devinent derrière le rideau gris, dans les coulisses de terre et de vent mêlés, des centaines d'autres acteurs, d'autres machinistes qui tiennent leur rôle dans ce drame impeccablement réglé.

Et les personnages de ce drame sont des hommes. Et pour ces hommes ce drame est la vie. Une vie d'homme : une vie de chaque jour.

Quand on a son existence de pirate et de peintre ; sa barque, son chevalet, sa petite maison dans la verdure au bord du fleuve ; quand on a pour toute musique la chanson de ce fleuve et la chanson du vent ; quand on a vécu des années sans penser jamais qu'il existe une autre vie ; quand au sortir d'un bois on découvre le spectacle inimaginable de cette horrible vie, on a le droit de douter.

Et pourtant, tout cela est un monde malgré tout. Un monde où il y a réellement de la vie. Une vie tumultueuse, pétrie, arrachée, broyée. Un gigantesque incendie de lumière avec la seule ombre de la poussière, où les silhouettes se démènent, passent, lentes, minuscules, démesurées, silencieuses dans ce fracas métallique.

Gilbert regarde. Il regarde tout car il est venu pour regarder. Il sait qu'il ne reviendra pas. Il veut fixer cette image au fond de lui.

Il a la gorge serrée.

Plus il regarde plus il sent la haine monter en lui.

Et pourtant, il ne peut s'empêcher de penser qu'il y a quelque chose de beau, de grandiose dans cette lutte des hommes contre la terre qui résiste à leurs machines. Cette terre qui s'accroche comme si elle ne voulait pas partir. Qui fait crier les câbles sur les poulies de fer.

Alors il se souvient que, pendant la guerre, il lui est arrivé de trouver de la beauté à un bombardement. Un bombardement qui assassinait des hommes. Du fer qui hachait la vie.

# VIII

Ils sont restés une bonne heure à regarder, cloués sur place, sans rien dire.

A un moment, Bertrand s'est approché d'un homme qui réparait, un peu à l'écart du chantier, le moteur d'un compresseur. Il a demandé :

— Alors, ça marche ce chantier ?

L'homme ganté de cambouis jusqu'aux poignets a passé son avant-bras sur son front ruisselant, il a craché, comme une boule de coton crasseux, puis :

— Pour marcher, ça marche, a-t-il expliqué. Seulement ça ne va pas comme on croyait : aux sondages ils n'avaient trouvé que du sable et du gravier et voilà qu'on tombe sur de la roche. Et pas de la roche pourrie encore. Rien que du vrai dur. Bien sûr, ici c'est l'ancien lit du Rhône ; moraine, qu'ils appellent ça. Il paraît que c'est des roches qui ont été charriées par un glacier il y a des temps et des temps. Elles ont été posées là comme ça, par travers, un peu partout ; et si ça se trouve on va en découvrir tout le long.

— Et qu'est-ce que vous comptez faire ?

— Les plus petites on les enlève au marteau-piqueur, mais les grosses il va falloir dégager autour à la pelle et à la pioche, creuser dedans et les faire sauter à la mine.

Et il a ajouté en reprenant son travail :

— Mince de labeur, tu parles d'un temps qu'y va falloir.

En rejoignant les autres Bertrand a conclu :

— Avec des moyens pareils pas de chance qu'ils abandonnent.

*

Comme ils avaient emprunté, pour rentrer, une sente qui longe un moment le chantier, ils sont tombés sur un endroit du bois où des arbres ont été coupés. Au centre de cette clairière, une baraque de tôle ondulée mettait une tache de goudron sur la blancheur du sol poussiéreux. Devant la porte, deux hommes ouvraient des caisses. En arrivant à leur hauteur, ils se sont arrêtés. Bertrand a demandé :

— Là aussi, vous allez creuser ?

Les hommes ont levé la tête, puis ils se sont regardés en riant.

— Non, a précisé le plus vieux, si on perce un canal c'est pas pour lui faire des tournants.

Et il a ri encore avant d'ajouter :

— Ici, c'est le dépôt d'explosifs. On pouvait

pas l'installer au milieu du chantier, avec tous ces moteurs, ça craint trop l'incendie.

Puis, désignant la baraque d'un geste du menton, il a conclu :

— Ça paraît pas, mais le total viendrait à sauter, sûr qu'il y aurait du grabuge dans les machines. A mon avis, ils l'ont mis encore trop près du chantier, mais paraît que c'est à cause du bistrot.

Pendant que l'homme parlait, Gilbert a regardé Benoît. Un rictus tordait son visage de rustre. Sous les paupières toujours mi-closes, son œil fixe semblait vouloir percer les tôles de la baraque.

*

Ils sont revenus, la tête malade de bruit.

En chemin, ils ont brossé d'un revers de main la poussière de leurs vêtements. On aurait cru qu'ils avaient peur d'emporter avec eux le souvenir de ce qu'ils venaient de voir.

# IX

Toujours aussi têtu, le passeur ne se décidera pas à faire un pas du côté de ce sacré chantier. A l'entendre, ça ne vaut pas la peine du déplacement. Il continue son travail, se réjouissant seulement de la curiosité de tous ces imbéciles qui le font trimer dur. Il s'en réjouit, oui. Et il ne le cache pas, car à ceux-là, il n'hésite pas à leur demander un bon prix pour les traverser.

— S'ils sont assez bêtes pour aller là-bas, dit-il, faut au moins que leur bêtise profite à quelqu'un.

Pourtant, quand il les ramène, sans avoir l'air de rien, sans jamais poser de question, il écoute. Si bien qu'en fin de compte, de tout le pays, c'est lui le mieux renseigné.

Il ne manque pas une occasion de s'instruire sur la progression des travaux. Et Gilbert sait bien que s'il est venu chez lui ce soir, ce n'est pas pour voir ses tableaux. Il n'a pas le courage de le faire languir, ni le cœur à plaisanter.

Alors, sans attendre, il parle.

Mais que dire de plus que les autres ?

Cinq minutes lui suffisent pour tout décrire. La seule chose qu'il ne puisse exprimer, c'est ce qu'il a ressenti devant ce spectacle. D'ailleurs, le vieux ne comprendrait pas.

Gilbert sait, maintenant, qu'il existe des sentiments qu'un vieux passeur ne peut pas éprouver.

Alors, il se tait.

Au fond, sait-il bien lui-même où il en est ?

Gilbert se lève. Il va chercher un litre de vin et deux verres. Il sert. Le vin est frais. Autour de la bouteille, l'empreinte de sa main est restée imprimée dans la buée qui se referme peu à peu. Elle n'est bientôt qu'une île informe et noire qui disparaît, rongée par une eau montante.

*

Ils ont bu.

Ils demeurent sans mot dire, l'un en face de l'autre, les yeux baissés, tous deux occupés de la même pensée.

Soudain Gilbert se dresse. Il tend l'oreille. On a remué dans la remise. Il écoute encore : plus rien. Un chat, peut-être, qui aura sauté sur une caisse ?

Il hésite avant d'aller jusqu'à la porte qu'il ouvre d'un coup. Le vieux qui n'a rien entendu le regarde. Le peintre se retourne. Son visage s'est durci.

— Venez, lance-t-il. C'est Benoît. Faut l'empêcher !

Le passeur est debout. Il a compris. Tout à l'heure, en parlant du chantier, Gilbert a dit aussi le regard inquiétant de Benoît.

*

Déjà ils sont sur la sente. Ils courent. Au bord de la lône, une chaîne fouette le plancher d'un bateau.

Trop tard !

Ils s'arrêtent. Gilbert crie :

— Va pas seul, Benoît. Attends-moi !

Le passeur ricane.

— Il est tout de même pas si con que ça... Les rames, vite, vite... Je détache.

Et il court vers la rive.

Gilbert saute la murette, s'engouffre dans la remise. Le temps de tâtonner dans le noir, de bondir de nouveau sur la sente vernie de lune, quand il arrive à la barque, la chaîne est détachée, le passeur est assis au banc de nage.

— Envoie.

Tout en plaçant les rames, le vieux rage :

— Salaud. L'a bien fait son coup. Il a pris le petit bateau.

Mais le ciel est avec eux : on y voit presque comme en plein jour.

*

Aussitôt la pointe de la digue doublée, Benoît a piqué droit vers le large. Il a plus de cinquante mètres d'avance. Et il souque dur. Tassé de tout son poids, il fait corps avec la masse noire de sa barque.

Gilbert imagine sa face de brute sournoise, le rictus de tantôt tordant sa bouche qui bave peut-être.

Mais le passeur aussi tire ferme sur le bois. Habitué à son énorme bateau, il semble s'amuser à faire voler cette barque de pêche sur les vagues. Les pieds en haut des courbes, très calme, le souffle régulier, il travaille à longues tirées. Assis sur le couvercle du banneton, les mains rivées aux plats-bords, Gilbert donne de grands coups en avant de toute la force de son buste.

Derrière lui, on dirait que l'eau commence à bouillir.

Le passeur demande :

— Alors ?

— On gagne un peu... Mais il est plus bas.

Le passeur sourit. A mots hachés par l'effort, il raille :

— Trop jeune... Pas mis le nez à la lève... Va dériver au diable... On l'aura.

Malgré son angoisse, sans quitter des yeux la barque de Benoît qui laboure l'étain du fleuve, Gilbert admire la puissance du vieux. Il semble que le passeur oublie l'enjeu de la course pour ne voir là qu'une occasion de montrer sa science.

Oui, c'est certain, ils gagnent rudement sur Benoît qui a dû s'affoler en se voyant poursuivi, car lui aussi connaît le fleuve et sait mener un bateau. Ils ont tellement gagné que maintenant le passeur peut le voir. Il lui suffit de tourner la tête vers l'aval. Ils sont presque à sa hauteur.

Le Père Normand appuie même un peu sur sa rame droite pour ne pas accoster trop en amont de lui et risquer de le perdre de vue dans les vorgines.

*

C'est fait. Les deux barques ont touché terre en même temps à moins de vingt pas l'une de l'autre.

Un peu essoufflé le passeur s'est penché aussitôt pour laisser passer Gilbert. Il crie :

— A toi de jouer... Je te suis.

Heureusement, ils sont sur une plage de sable. Le peintre file et distance le passeur moins rapide sur terre que sur l'eau.

Tête baissée, à la manière d'un taureau furieux, Benoît s'est enfoncé dans l'enchevêtrement des ronces et des roseaux.

D'un regard Gilbert inspecte le terrain : pas de sente. Partout la végétation se presse en vagues serrées.

Tant pis ! Il saute.

Les épines déchirent ses pieds nus. Marcher devient vite impossible. Il progresse par bonds successifs et chaque fois qu'il retombe une écume de feuillage lui fouette le visage. Devant lui une tête émerge pour plonger aussitôt; un remous agite le branchage. L'autre ne saute pas. Sa manière à lui, c'est de foncer.

Gilbert se rapproche. Il perçoit des grognements. Un juron. Benoît est tombé. Le temps qu'il se relève Gilbert a fait quatre bonds prodigieux. Le vol lourd d'un échassier éveillé, un autre juron, les deux hommes roulent sur le matelas de lianes qui s'affaisse.

Gilbert n'a qu'une idée : tenir Benoît jusqu'à l'arrivée du passeur. Il s'agrippe à ses vêtements mais la végétation est si dense qu'elle se referme sur eux. Griffé, aveuglé, il ferme les yeux. Par deux fois il crie :

— Ici! Ici!

Dans la pénombre glauque, membres emmêlés ils luttent.

Gilbert a sur son visage le souffle de Benoît qui s'arc-boute et le repousse. Il serre plus fort. Il sent que ses ongles s'enfoncent dans de la chair.

Mais Benoît est plus court, plus robuste aussi. Il se ramasse, s'abandonne un instant, puis, d'un coup de reins, parvient à faire rouler Gilbert. Sa jambe se replie. Son genou avance, appuie sur le ventre du peintre dont l'étreinte se desserre peu à peu. La distance est suffisante, le poing de

Benoît s'abat. Par deux fois la tempe de Gilbert heurte le sol.

*

L'étourdissement du peintre n'a duré que quelques secondes. Quand il revient à lui le passeur est là.

— Où est-il ?

Le passeur tend le bras. Gilbert se lève. Rien. Benoît est déjà sous la peupleraie.

Haletant, le passeur demande :

— Tu sais où est leur baraque à mines ?

Gilbert fait un geste en direction du bois.

— Par là.

Le Père Normand se met à enjamber les touffes, écartant à grands coups de ses grosses mains ouvertes les tiges piquantes.

— En allant droit dessus, dit-il, on peut encore être assez tôt, le temps qu'il défonce la porte. Et puis, il y a sûrement un gardien.

Péniblement Gilbert avance dans son sillage. Il a encore la tête lourde. Plusieurs fois il trébuche, manque de tomber. Il commence à sentir une douleur à sa tempe gauche. Il n'avait pas envisagé la présence d'un gardien. Il essaie de réfléchir, mais toute sa tête est en feu.

« Pourvu que Benoît... »

Ils sont à peine aux premiers arbres qu'une lueur rouge jaillit entre les troncs. Une détonation les cloue sur place.

Le monde des bois s'envole, piaille, s'ébroue dans l'herbe tandis que, par-delà le fleuve, une à une les collines répondent.

De tous côtés les chiens aboient.

# X

Gilbert s'est toujours senti à l'aise dans la maison des pirates bien qu'elle soit de l'autre côté de la voie du chemin de fer et fasse corps avec le village.

A ses yeux, elle est avant tout la maison de Marthe, pleine de choses à elle. Et puis, ici, c'est un peu comme chez lui : n'entre pas qui veut, il faut connaître. C'est en quelque sorte une petite annexe du fleuve.

Elle ferme une impasse étroite pavée de galets inégaux.

Une treille centenaire varappe contre la façade lézardée et la porte de cave que l'on n'ouvre plus.

C'était un entrepôt à sel du temps de la batellerie.

De la cuisine on sent monter, par le trappon qui ferme mal, l'odeur fraîche des filets étendus.

Toute la maison sent le fleuve.

Mais, tout à l'heure, quand il est entré derrière le passeur et Marthe venue les appeler, il savait que la maison n'aurait pas son aspect habituel. Le bahut a été poussé sur le trappon de la cave. Au parfum tenace du fleuve se mêle cette odeur indéfinissable que l'on trouve seulement dans la maison des morts. Elle entre derrière le mort, se retire après lui ; plus lentement que lui.

En plus de deux gendarmes, il y avait, assis à table en face de Bertrand et de Norme, un petit homme ventru vêtu d'une chemise bleue et d'une combinaison de mécanicien. Sur son crâne poli, la transpiration collait deux mèches de cheveux jaunâtres rabattues en avant.

Il a fallu répondre aux gendarmes. Raconter ce qui s'est passé hier au soir : la course dans la nuit. La lutte. L'explosion. Le retour enfin, avec le corps de Benoît déchiqueté par les éclats de grenade. Benoît défiguré, éventré ; déjà vidé de son sang et qui râlait encore avec, dans sa gorge ouverte, des gargouillements plus gras, moins soutenus que la chanson de l'eau derrière la barque. Des gargouillements qui se sont éteints au milieu du fleuve.

Aux questions du brigadier, Bertrand a répondu sans se troubler. Il a juré sur ce qu'il a de plus cher qu'il n'y avait dans la maison qu'une seule grenade, oubliée au grenier depuis la Libération. Les gendarmes ont eu un sourire entendu, mais ils n'ont pas insisté.

Comme ils allaient sortir, Norine leur a demandé entre deux sanglots :

— Alors ?

Le brigadier a répondu simplement :

— On verra.

Dès qu'ils ont été dehors, Bertrand a écouté leurs pas s'éloigner sur les « têtes de chats » de la venelle, il a ordonné à Norme de fermer la porte, puis, de sa voix toujours incolore, il a déclaré :

— A la nuit, j'irai foutre les autres au milieu du Rhône. Je crois pas qu'ils fouillent, pourtant, c'est plus sûr.

On a parlé encore de l'accident, mais que peut-on savoir ?

Il s'agissait de grenades allemandes dont Benoît ne connaissait pas le maniement. On les avait gardées comme ça, pour le cas où l'on aurait voulu braconner dans les trous.

Pourquoi l'engin avait-il explosé entre les mains de Benoît alors qu'il se trouvait encore à plus de deux cents pas de la baraque ? On ne le saurait certainement jamais.

Somme toute, il valait mieux pour tout le monde que l'explosion n'eût pas mis le feu au dépôt de dynamite.

A l'évocation de l'accident, Norine s'était remise à pleurer de plus belle. Sans colère, mais sèchement, Bertrand lui a demandé de se taire.

— On peut pas pleurer toujours, faut penser à ceux qui restent.

Après avoir dit, il a marqué un temps ; puis, s'adressant à Gilbert, il a expliqué :

— Voilà : nous autres on part. C'est décidé. Celui-là, et il désignait d'un mouvement de la tête le petit homme ventru, c'est le cousin de Norine, qui est d'en dessus de Villefranche. Il nous prend avec lui.

» Là-bas, il y a de la place, et la pêche en Saône c'est de la sucrette à côté de ce qu'on fait ici.

» Seulement il ne faut pas trop tarder à partir. Faut pas attendre que tous ceux d'en bas soient montés, sinon on arrivera les derniers et ça sera la bagarre. Alors si tu veux venir, on t'emmène. Jules est d'accord. »

Jules, c'était le petit homme. Il a approuvé :

— D'accord. Du moment qu'il fait partie de votre équipe et qu'il connaît le travail : c'est régulier.

Comme Gilbert ne répondait pas, Bertrand a ajouté :

— Ce que je t'en dis moi, c'est pour toi. Là-bas, ils sont déjà du monde.

Gilbert a remercié, mais il a demandé qu'on lui laisse le temps de réfléchir.

Il s'est tu une minute comme s'il hésitait à livrer le fond de sa pensée puis :

— Faudrait aussi que je voie comment c'est, là-bas.

Ils ont parlé encore un moment et décidé que le jour où Jules viendrait chercher les Balarin avec son camion, Gilbert pourrait monter pour se rendre compte.

Le cousin a conclu :

— De toute façon, je viens à Lyon quasiment tous les jours pour porter le poisson, si ça ne te plaît pas, je te ramène le lendemain.

*

Pendant leur entretien, Marthe n'a rien dit. Elle était assise un peu en retrait des autres et chaque fois que Gilbert l'a regardée elle a détourné les yeux ou baissé les paupières. Elle ne pleurait pas, son visage était seulement plus pâle que d'habitude.

Le passeur non plus n'a pas soufflé mot. Et maintenant, toujours silencieux, il marche à côté de Gilbert.

Tout à l'heure, quand Bertrand a parlé des autres grenades dont il se débarrassera cette nuit, le peintre a eu un léger sursaut. Il a regardé le Père Normand. Le vieux n'avait pas l'air surpris.

A présent les deux hommes sont devant la maison de Gilbert. Au bord du fleuve, quatre personnes attendent. Le passeur va retourner à son bateau. Avant de le quitter, Gilbert demande :

— A votre avis, qu'est-ce que Bertrand peut avoir de plus cher au monde ?

Les yeux du passeur se ferment à demi, sa bouche ébauche un sourire un peu moqueur pour répondre :

— Ça t'a choqué, ce mensonge ? Tu le connais mal... très mal.

Il fait un pas, se retourne et ajoute :

— Je crois même que tu les connais tous très mal.

Puis il s'en va vers les gens qui lui font un signe de la main.

*

Une semaine après l'enterrement de Benoît, Norine est « montée » deux jours avec son cousin. Elle voulait voir la maison et les possibilités d'installation pour sa cuisine.

En revenant, elle s'est montrée satisfaite.

— Ça pourra faire. Il y a la cuisine et une grande chambre avec un réduit pour le lit de Marthe. Maintenant, toi Gilbert, si tu veux venir, ils te donneront une pièce que tu pourras arranger, dans les combles. La maison est grande, ils sont déjà à cinq dedans.

Elle a repris son souffle, regardé Marthe, puis à nouveau Gilbert avant de continuer :

— Pour la cuisine tu pourras manger avec nous, on se rangera toujours... et puis, on ne sait pas, peut-être que par la suite on pourrait voir à se débrouiller autrement.

Marthe n'a pas bronché. Elle avait les yeux baissés et les pommettes empourprées.

*

Gilbert était gêné de savoir cette femme au courant ; cette grosse femme qui a si peu l'air d'être la mère de Marthe. Et puis, d'un autre côté, il était content de voir qu'elle n'avait pas l'air d'en être fâchée. Au fond il faudrait bien finir par en arriver là, un jour ou l'autre.

Et, le soir même, comme Marthe était venue lui remettre sa part d'argent sur la pêche de la veille, il l'a questionnée.

Elle a répondu :

— Oui. La mère sait. Elle me l'a dit depuis qu'il est question de partir.

Avant de continuer, elle a regardé Gilbert. Elle avait dans les yeux une lueur craintive, comme si elle avait voulu s'excuser d'avance de ce qu'elle allait demander.

— La mère t'aime bien, tu sais... Le père aussi, je crois.

Non, ce n'était pas cela, le plus difficile à dire. Il devait y avoir autre chose. Cette gravité inhabituelle, ce front soucieux, ces yeux qui maintenant demandaient clairement : « Tu ne m'en voudras pas, hein ?... »

— Enfin, parle.

— Voilà, c'est à cause de Benoît... Parce que tu comprends, le cousin a un permis pour pêcher le jour. Mais la nuit c'est interdit. Et le père voudrait faire équipe avec toi. Il a l'habitude. Il ne connaît pas les autres. Il s'inquiète de savoir qui on va lui donner.

Comme soulagée d'avoir tout expliqué, elle

l'a regardé bien droit au fond des yeux en ajoutant :

— Tu vois bien qu'il faut que tu viennes !

Ils étaient assis sur la murette du jardin. Marthe avait passé son bras autour de la taille du peintre. Sa petite main un peu crispée serrait son flanc. Gilbert sentait la tiédeur de sa peau et la caresse de ses cheveux que le vent faisait aller et venir derrière son épaule.

Tenant tête à ce vent, les paroles de Marthe demeuraient figées dans le crépuscule.

C'était donc là tout ce que Marthe entendait quand elle disait : « La mère t'aime bien. Le père aussi... » Et elle, alors, que pensait-elle ?

Quand ils avaient rapporté le corps de Benoît, devant les yeux secs de Bertrand, Gilbert s'était dit : « Il fait effort pour retenir son chagrin. Il le cache comme il fait de tout ce qu'il pense. » Il avait admiré la force de cet homme constamment replié sur lui-même. Puis, il y avait eu la parole donnée au gendarme, les mots énigmatiques du passeur.

Et Norine alors ? La mère dont il avait admiré la vitalité. Cette mère qui s'était jetée dans la vie, se dépensant sans compter pour préparer leur départ. Cette bonne grosse femme qui le regardait déjà comme un fils. Qui s'ingéniait à bâtir leur avenir commun alors que tant d'autres se seraient éternisées à larmoyer ?

C'était bien vers la vie qu'ils partaient, oui.

Mais avec un homme de moins dans la famille. Dans « l'équipe ».

Un homme qu'il fallait remplacer.

Et pour décider le remplaçant, on lui envoyait Marthe.

A peine levée, la lune cherchait le fleuve entre les arbres. Etonnée de ne pas trouver son amoureux de chaque nuit, elle se haussait tant qu'elle pouvait en s'appuyant sur la cime des peupliers.

Après un long silence, cherchant elle aussi le regard de Gilbert, Marthe a demandé :

— Alors, tu viens, dis ?

Etait-ce pour elle, pour eux deux qu'elle parlait ?

Pour la première fois, Gilbert a constaté combien Marthe ressemble à son père. Les yeux, surtout. Non, pas les yeux, le regard, plutôt.

— Et si, au contraire, tu restais avec moi. Puisque ta mère est d'accord pour qu'on se marie, on pourrait le faire ici.

Gilbert n'avait pas préparé ces mots. Ils sont sortis de sa bouche presque malgré lui.

— Et qu'est-ce qu'on ferait, pour vivre ?

— On pêcherait.

— Et après, quand le canal sera fait ?

— Je chercherai du travail. Il suffit de chercher pour trouver.

La petite a baissé la tête. Sa main s'est desserrée.

— Non...

Après ce mot qu'elle a paru regretter aussitôt, elle a poursuivi très vite :

— De toute façon ils ne voudront pas. Ils ont besoin de moi là-bas. Ils n'ont déjà pas de femme pour le guet et c'est mieux qu'un homme, les gendarmes se méfient moins.

Gilbert aurait voulu demander : « Mais toi ? Toi qu'est-ce que tu penses ? » Il n'a pas pu. Il n'a pas osé.

La lune venait de découvrir le fleuve. Gilbert les regardait s'étreindre au pied de la digue, dans un tournoiement sans fin.

## XI

Ils sont partis.

Norme est montée devant, dans la cabine à côté de Jules. Bertrand, Marthe et Gilbert se sont hissés derrière après avoir chargé les meubles.

Le Père Normand, qui était venu donner un coup de main, a regardé le camion s'éloigner jusqu'au tournant de la rue.

Il souriait.

*

Pendant les premiers kilomètres ils n'ont rien dit. Ils étaient assis sur des caisses, cahotés, balancés de droite à gauche, regardant la route se dérouler et se tordre, tantôt noyée d'ombre, tantôt vernie de soleil.

Comme ils arrivaient près du barrage de la Mulatière où la Saône fait un saut en riant de toutes ses dents pour se jeter sur le flanc droit du Rhône dédaigneux qui la repousse longtemps contre la rive avant de la faire disparaître, de la coucher sous sa force de mâle ; comme ils arrivaient là, Marthe a dit :

— Sentez cette odeur d'eau.

Et son père a rectifié :

— Tu veux dire que ça pue la vase.

Gilbert allait s'interposer : « Non c'est bien l'eau », mais il a respiré plus profondément. Il n'a rien dit.

Bertrand avait raison. Il y avait dans le langage de cette odeur, quelque chose qu'il ne comprenait pas.

Quelque chose de plus gras, de plus fétide que l'odeur habituelle du Fleuve. Une odeur qui tenait davantage de l'exhalaison méphitique des usines que de la véritable senteur de l'eau.

De la vase, oui. C'était bien ça. Ça sentait la vase ; ce limon noirâtre fait de la pourriture des herbes mortes que le courant n'emporte pas ; de la crasse des villes entassée au fond des eaux inertes.

Et cela s'engouffrait sous la bâche du camion, mêlé à l'haleine écœurante du moteur.

Là, ils ont tourné à gauche pour prendre la route qui longe la Saône.

A cet instant précis, Gilbert s'est aperçu qu'il venait, lui, de franchir une frontière que les autres n'avaient pas remarquée. Il lui semblait quitter le pays d'une vie éternelle pour pénétrer dans un cimetière.

Il y avait, devant le soleil, un rideau de brume

qui n'avait pas la couleur de la brume. C'était de la brume fabriquée par les hommes : la transpiration de la ville au travail montait de son grand dos gris hérissé de membres raides.

A côté de la route, aussi noire que la route, entre deux rives aussi rectilignes que les bords de la route, une eau qui ne marchait pas.

Une rivière dont on se demande dans quel sens elle va. Une eau qui ne parle pas. Elle est là, étale, muette, comme si elle attendait quelque chose...

Une eau qui salit tout ce qu'elle touche.

Le soleil essayait de la regarder, de s'en approcher, mais quand son doigt terni par le crachin effleurait cette peau de morte, elle demeurait froide, sans frisson, avec seulement çà et là quelques arcs-en-ciel timides : une peau de femme sale, huilée de mazout.

Puis, ils l'ont quittée pour la retrouver plus loin, traînant sa langueur entre deux berges uniformément plates, à son image.

*

Cet après-midi, pendant que les Balarin installaient leurs meubles, Gilbert est sorti seul. Il a erré au bord de la Saône et dans la prairie. Il avait à la fois le sentiment de chercher et de fuir quelque chose.

Il vient de rentrer à la tombée de la nuit, les yeux brûlés de soleil, la tête lourde.

*

La table est dressée dans la grande salle commune. Les autres mangent déjà. Gilbert s'est assis à la place qu'on lui a réservée entre Marthe et le cousin. Bertrand est entre deux hommes de l'équipe à Jules, Norine entre deux autres. Ces quatre-là, Gilbert ne les connaît pas. Il les a aperçus en arrivant, mais il ne cherche pas à mieux les voir. Pour lui ce sont des hommes, c'est tout. Il n'a pas pensé un seul instant qu'il pourrait partager leur vie comme ce soir il partage leur repas.

A vrai dire, il n'a pourtant encore rien décidé.

Après la soupe, sans s'adresser à personne en particulier, le cousin demande :

— Alors, vous avez vu le coin ? Ça vous ira ?

C'est Bertrand qui répond :

— Ça ira.

Et Norine précise :

— Nous, tu sais, pourvu qu'on ait la pêche.

Aussitôt la conversation s'anime. On parle des bateaux, des coups. Des réserves interdites. Des lots particuliers. Ici, ce n'est plus un fleuve, c'est une rivière. Les règlements sont plus compliqués, la loi plus stricte, la garde mieux assurée.

Tout d'abord Marthe n'a rien dit. Mais à présent qu'ils en sont à la question du guet, elle s'en mêle. Elle se renseigne sur les habitudes des gendarmes. Le cousin donne maints détails.

La petite explique déjà comment elle s'y prendra pour déjouer leurs ruses.

L'homme qui est en face d'elle sourit. On voit que cette gamine l'amuse. C'est un grand, presque aussi large d'épaules que le Père Normand.

A mesure qu'elle parle, Gilbert voit s'allumer une flamme dans les yeux de tous ces hommes. Ils la tiennent enfin, cette perle qui manquait à leur équipe. Cette guetteuse née.

Pour montrer toute sa science du métier, elle leur fait son imitation du cri de la hulotte. Ils rient tous. Puis le grand dit :

— C'est bien, petite. Mais ici, il n'y a pas de hulotte.

Marthe rit à son tour. Un rire qui fait mal à Gilbert, puis, elle imite le crapaud. Ils rient encore, mais, cette fois, on sent qu'ils l'admirent vraiment. Le peintre comprend qu'elle fait déjà partie de l'équipe.

« Ils ne veulent pas que je reste avec toi. Ils ont besoin de moi... »

Gilbert ne s'est trompé qu'à demi en faisant son portrait : elle est bien la petite fille de la nuit. Mais pas uniquement de la nuit du Rhône. Sa vie ce n'est pas seulement la pêche, c'est la pêche prohibée. Au nez et à la barbe du gendarme. Pour eux tous, c'est un vice de naissance qui leur tient au corps comme une maladie.

Ils sont tous du même bois. Tous. Pour Gilbert il n'y a plus de doute : si Benoît n'était pas amoureux du fleuve au point de risquer sa peau pour lui, il n'était pas fou non plus. Non, il n'était pas fou. Si le cousin était venu les chercher deux jours plus tôt....

Une maladie ! Mais une maladie que tout le monde ne peut pas prendre.

*

Pendant tout le repas, Gilbert n'a pas prononcé un mot. Il n'aurait pas pu. Trop de choses nouvelles bouillonnaient en lui. Depuis ce matin, il avait trop vu, trop entendu.

Les autres ne lui ont rien demandé.

Quand ils se sont levés de table, Gilbert les a salués, puis il s'est dirigé vers la porte. Il n'était plus très sûr que Marthe sortirait derrière lui.

*

Elle ne l'a pas fait attendre, pourtant. Elle vient de le rejoindre. Elle a pris sa main.

Ils ne parlent pas. En quelques pas ils sont au bord de la rivière. Longeant la berge, ils marchent pour s'éloigner de la maison.

Le pays est encore plus mort sous la lune que sous le soleil.

Gilbert sait qu'il doit parler. Qu'il doit décider. Mais il y a cette plaine immense, ce vide. A part la maison qui s'écrase contre la terre à mesure qu'ils s'éloignent, ils sont donc la seule vie ? On peut donc les voir à des kilomètres de là ? Rien pour s'asseoir, pour se blottir dans un brin d'intimité ! Rien que cette bâtisse carrée posée sur la terre nue à côté de cette foutue rivière qui ne sait rien dire.

Gilbert ne peut plus la quitter des yeux, cette rivière. Il fixe la lune trop ronde, oubliée sur cette eau noire comme une assiette au milieu d'une route goudronnée. Autour rien. Pas une ride, pas un reflet.

A mesure qu'ils cheminent, la lune les suit, glissant lentement : une lune morte dans une eau morte.

Sous ses pieds, Gilbert sent le chaud du jour qui est resté collé à la terre. Par endroits, la terre respire faiblement. Malgré tout, le peintre frissonne de la voir si nue, si froide de lune.

Soudain le vent de nuit se lève. Il passe sur eux sans qu'ils l'aient vu venir. Il passe sans rien dire, car il ne rencontre rien qui lui donne envie de chanter.

Gilbert regarde la plaine où le vent se sauve, pressé de ne plus être seul.

— Viens, dit-il. On ne trouvera rien.

Ils reviennent jusqu'à la maison qu'ils contournent. Ils n'ont pas besoin de parler pour savoir qu'ils cherchent tous deux un endroit où être enfin à l'abri de ce vide.

La porte du garage est entrebâillée. Ils entrent. Du regard, Gilbert fouille l'obscurité. Au fond, derrière le camion, une tache de lune l'attire. Un trappon est ouvert dans le plafond. Le peintre gravit l'échelle, émerge dans le grenier à foin.

— Viens, souffle-t-il.

*

Ils ont rampé sur l'herbe sèche pour s'éloigner de la clarté trop vive que verse la lucarne.

Contre son dos, Gilbert sent la tiédeur des tuiles. Contre sa poitrine il a celle de Marthe : deux seins menus et fermes sous le corsage de toile.

A-t-il encore besoin de parler, à présent ?

Jamais il n'a tant désiré Marthe que ce soir. Jamais non plus, elle ne s'est offerte ainsi. Elle ne bouge pas. Elle ne dit rien. Elle s'est allongée près de lui et, lentement, l'herbe sèche qui s'enfonce les rapproche. Ils ne font rien pour cela, seul agit le poids de leurs corps. Marthe n'a pas un geste, pas un mot ; il sait pourtant qu'elle ne lui résisterait pas.

— Marthe...

Elle l'embrasse. Ils s'embrassent longtemps. On dirait qu'elle veut l'empêcher de parler.

Et maintenant le vent chante. Ce vent qui a couru sur la plaine sans rien trouver, pas même une feuille à pousser du pied, s'en vient chanter sur le pignon de la maison. Il glisse une note timide entre deux tuiles disjointes. Mais il ne parle pas vraiment. Il n'a pas la même voix que là-bas, lorsqu'il se dispute avec les arbres, se pourchasse entre les branches et bondit par-dessus la colline en semant sa musique dans tous les recoins de la terre.

— Gil...

Cette fois, c'est lui qui prend ses lèvres.

Est-ce pour mieux entendre chanter le vent ?

Le vent qui doit caresser la Saône à présent. Peut-être l'eau noire va-t-elle se décider à déchirer cette lune trop ronde ? Sur cette rivière d'huile, le vent doit lever des vagues molles, longues, toutes pareilles qui ne rencontrent jamais rien non plus. Et ça ne doit pas l'amuser beaucoup, le vent, une rivière qui se laisse faire, qui se donne à lui comme une fille...

— Gil, qu'est-ce que tu as ?

Il l'a repoussée. Brusquement. Presque brutalement. Sans s'en rendre compte.

Elle se soulève sur son coude pour mieux le voir dans la pénombre. Ses cheveux font un halo autour de sa tête qui se silhouette sur la partie éclairée du grenier.

Elle demeure longtemps ainsi. Gilbert sent qu'elle fouille au fond de ses yeux. Il ne distingue pas ses traits. Il ne pense à rien. Il a seulement peur qu'elle se mette à pleurer.

Elle ne pleure pas. Un soupir d'enfant soulève ses épaules, elle sort lentement du trou que leurs corps ont creusé et rampe sur le foin avant de se laisser glisser sur le plancher.

Arrivée sous la lucarne elle se retourne pour

empoigner l'échelle qui lève ses deux bras raides dans la lumière.

Tout à l'heure, pendant qu'ils s'embrassaient, Gilbert ne s'est pas rendu compte qu'il dégrafait le corsage de Marthe.

## XII

Durant la nuit qui a précédé le départ des Balarin le vent du sud est tombé.

Depuis : le calme. Le grand calme.

Les pirates semblent avoir emmené avec eux tout ce qui vivait ici. Dans les îles, dans les bois, dans la vorgine rien ne chante plus.

La nature entière fait sa sieste d'été.

Un soleil ardent emplit la vallée et continue d'assoiffer le fleuve. Les recoins les plus ombragés ont perdu leur fraîcheur.

Dans le silence de la terre qui suspend son souffle, oppressée par le feu du ciel, on entend mieux la vie trépidante du chantier.

Avec l'aube, monte le halètement sourd des moteurs couvert bientôt par mille autres bruits qui se mêlent et font une immense clameur.

Vers midi tout s'arrête. On sait ce que cela veut dire :

La mine.

Certains jours, il y a jusqu'à dix charges qui explosent, l'une après l'autre, à la manière d'un chapelet de bombes. Les détonations ébranlent les vitres jusqu'ici. Elles roulent dans la vallée comme de longues foudres, renvoyées de rive en rive; de colline en colline, répétées d'écho en écho. On dirait que c'est le fleuve qui tonne.

Les nuages de poussière montent très haut. Ils étendent leur ombre sur tout le pays d'en face et flottent longtemps, collés à l'émail indigo du ciel.

Puis : le silence; plus total, plus inquiet que jamais.

Tout se tait dans l'attente du vrombissement des grues et des camions qui déblaieront jusqu'à la nuit.

Et ainsi chaque jour, de semaine en semaine.

Là-bas, tout est gris. Ouaté. Comme poudré d'amiante. Le fleuve ne reflète plus que des arbres dont l'immobilité paraît plus complète encore sous la housse morne qui les recouvre. Des heures durant, après l'éclatement des charges de dynamite, une brume épaisse flotte entre les troncs.

A l'entrée de tous les chemins qui traversent le bois, des hommes ont placé des écriteaux; *« Zone dangereuse. Passage interdit de 12 à 15 heures »*.

Ils prennent déjà toute une moitié de la vallée.

Et il faut vivre pourtant. Avec la crainte, l'angoisse. L'espoir aussi, mais de plus en plus vague.

Le passeur a toujours son inébranlable optimisme. Chaque jour il répète :

— Il faut laisser faire. Tu verras : ou ce que j'ai prédit se réalisera, ou je perds mon nom.

*

Depuis le départ des Balarin, Gilbert ne pêche plus qu'une fois par semaine. Jamais de sa vie le Père Normand n'avait consenti à se livrer au braconnage. C'est lui, cependant, qui a fait la proposition. Il a dit au peintre :

— En acceptant ce travail, je te prouve que j'ai confiance. Je suis certain de ce que j'avance. Si je n'étais pas sûr que c'est seulement pour un temps, je te dirais de chercher une autre besogne. Mais je sais bien que dès qu'ils en auront fini avec leurs histoires de chantier, tu trouveras facilement quelqu'un pour pêcher avec toi et tu pourras reprendre ta vie comme avant.

Et il a ajouté en riant :

— C'est pas pour toi, garnement, que je fais ce métier, mais j'ai trop peur que tu te mettes à bazarder tes tableaux pour vivre.

Ainsi ils pêchent tous deux, chaque samedi soir, et le poisson qu'ils prennent permet juste d'approvisionner le restaurant de Pierre.

*

Hormis quand ils pêchent, c'est la nuit que le temps paraît le plus long. Gilbert reste des heures sur son lit sans dormir. L'air étouffant que nulle brise ne traverse plus comprime sa poitrine comme une gaine d'écorce. Dans sa tête, les idées tournent, les images se succèdent. Puis, tout se brouille. Il plonge dans un sommeil interrompu de brusques sursauts.

Marthe. Il y a Marthe. Le passeur dit qu'il faut espérer le retour des Balarin. Mais le passeur ne sait rien. Lui qui lit si bien dans le fleuve, n'a pas su lire au fond de Gilbert. D'abord, est-ce que Gilbert a en lui quelque chose de clair ? Est-il capable lui-même de savoir exactement ce qu'il désire, ce qu'il regrette ?

Il y a une chose pourtant qui revient sans cesse : c'est ce rêve qu'il a fait, à demi éveillé, dans le grenier de la grande maison carrée où il a passé la nuit seul après le départ de Marthe.

Ce rêve obsédant comme la terrible nudité de la plaine : Marthe surprise par les gardes. Les gapiands, comme elle dit. Marthe courant le long de la Saône, se jetant à l'eau pour ne pas être prise. Les coups de feu des gardes. Puis, la tête de Marthe telle qu'il l'a peinte. Avec l'eau tout autour. La lumière de la lune dans ses yeux, ses cheveux pareils aux herbes d'eau. Et puis, à la place où il a peint son peigne de gitane : un trou. Un tout petit trou pas plus gros que le brillant du peigne, mais tout noir. Avec la lumière de la lune, le sang qui coulait de ce trou était vert, sombre et luisant, comme si Marthe avait saigné de la nuit.

*

Chaque jour, bien avant l'aube Gilbert est debout.

Les journées passent plus vite : il peint.

Avec une espèce de rage, du premier soleil à la nuit tombante, il peint. Là au moins, il ne pense pas.

Le plus souvent il part en barque se laissant glisser au fil du courant. Ainsi, il n'entend plus le vacarme du chantier qui n'a pas progressé beaucoup vers le sud.

Et puis, le soir, la remonte faite tout du long à la rame, sans harpie, l'astreint à un sérieux effort. Exténué, il espère trouver plus facilement le sommeil.

*

Cette semaine, il y a eu un petit événement aussi : une automobile toute neuve a traversé le passage à niveau pour venir s'arrêter dans l'herbe à l'entrée de la sente. C'étaient Robert et Albin, les deux peintres partis pour Paris depuis tant d'années.

Ils ont bien choisi leur moment, ces deux-là ! Et pourtant, il a fallu faire bonne figure. Jouer à l'homme pleinement satisfait de son sort, sûr du lendemain.

Heureusement, ils ne sont restés que quelques heures. Le temps de manger, de parler et ils ont repris leur route, vers le Midi, où ils passeront leurs vacances.

Pendant qu'ils étaient là, le Père Normand n'est pas entré, mais il a rôdé sans arrêt autour de la maison avec l'air de celui qui veille sur un trésor. Sitôt la voiture partie, il est venu. Il a dit :

— Alors, ils sont partis ?

— Ils sont partis.

— Ils n'ont pas dit qu'ils reviendraient ?

— Non.

Le passeur a eu de chaque côté de la bouche sa ride de joie.

— Qu'est-ce qu'ils ont dit alors ; ils n'ont pas essayé de t'emmener ?

Gilbert a pris sur le buffet un morceau de bois. Il l'a tourné et retourné en le passant d'une main à l'autre pour bien en montrer toutes les faces, puis il a demandé :

— Vous connaissez ce... cet objet ?

— Oui, bien sûr ; c'est la racine que tu as trouvée dans les îles l'hiver dernier. Je me souviens des veillées, quand tu la taillais avec ton couteau et que tu la raclais avec une brisée de verre. En as-tu passé du temps après !

— Et quand vous la voyez, cette racine, qu'est-ce que vous en pensez ?

— Je pense : c’est beau. Je dis : c’est le travail du gone ; et du fleuve aussi.

— Du fleuve et de la terre d’abord, le plus gros du travail. Je sais. Et de moi après ; juste les finitions. Et qu’est-ce que vous croyez qu’elle peut valoir ?

Là, le vieillard a froncé les sourcils comme un qui ne comprend pas bien. Il a demandé :

— D’argent ?

— Oui, d’argent.

Le passeur a hésité un temps puis :

— Pour moi, tu sais, ce qui est beau est beau. Il me suffit de savoir que c’est beau. Il n’y a pas besoin de mettre un prix dessus. Je regarde, je pense : c’est beau. Voilà. Tiens le fleuve, il est beau. Je le sais. Je le regarde tous les jours depuis que je suis né, mais je n’ai jamais eu l’idée de me demander combien il pouvait représenter d’argent...

— Justement. C’est là toute la différence entre eux et nous. Quand ils ont vu ce morceau de bois, ils m’ont dit qu’en en faisant beaucoup, à Paris, je pourrais gagner une fortune. Ils appellent ça de la sculpture abstraite parce qu’elle ne représente pas quelque chose que les hommes connaissent : un arbre, un visage, ou une table, ou un moulin à café.

Tout en parlant, le peintre continuait de tourner la racine entre ses mains. Elle était agréable à toucher ; souple de forme et bien lisse comme un marbre, mais sans la froideur du marbre.

En trouvant cette racine, Gilbert s'était dit : « Tiens, elle a une belle forme. Si je retouche cette bosse, si j'accentue cette courbe, elle sera mieux encore. » En la taillant, en la polissant, il avait pensé simplement qu'il faisait revivre entre ses mains ce morceau de bois mort. Il avait trouvé bon de donner la vie avec ses mains.

Depuis, la racine était sur son buffet. Pour lui, elle demeurait racine. Parfois, lorsqu'il passait à côté, il lui arrivait de la prendre, de la réchauffer dans ses mains ou de la poser au soleil, sur le bord de la fenêtre. Et le soleil aussi la faisait revivre.

Mais, pour ceux de Paris, il fallait parler argent. Peser. Evaluer. Ils étaient faits à l'image d'une balance. Leur main était le plateau, quand on posait quelque chose dedans, l'aiguille traduisait tout de suite un chiffre dans leur tête. S'il leur arrivait de faire une œuvre invendable, ils devaient regretter leur temps. Pour eux, le travail qui sert seulement à procurer la joie ne devait pas exister. La joie c'était l'argent : une montre en or, un costume, une automobile.

A les entendre parler ainsi, Gilbert avait senti monter en lui un dégoût, comme après avoir bu du vin aigre.

Pourtant, il avait aimé ces deux hommes. La guerre, le pain partagé, c'était de tout cela que leur amitié était faite. Gilbert n'avait rien oublié, mais il savait maintenant pourquoi ces deux hommes étaient partis.

Devant lui, il y avait ce vieux, ce passeur d'un autre âge. Cet homme qu'un paysage faisait pleurer.

Et derrière cet homme, le Fleuve coulait.

Pendant que les deux autres étaient là, à parler d'argent, Gilbert lui avait lancé un regard. De sa fenêtre, on en voyait plus bien grand depuis qu'il était si bas, mais c'était bien suffisant. Le peintre avait eu l'impression qu'il ramassait toute la lumière du ciel pour la lui jeter à la figure. C'était pour lui, qu'il coulait. Il avait la couleur du ciel, des arbres, du sable, des pierres, de l'herbe et, plus forte que toutes les autres réunies, sa couleur à lui. Ce vert qui varie sans arrêt, du matin au soir, la nuit encore ; ce vert qui change avec les saisons et les ans, mais reste malgré tout éternellement le même. Un vert unique : le Vert-Rhône. Une couleur à décourager le peintre. Au début, du moins, parce que après, une fois qu'on l'a attrapée, elle s'accroche à la palette. Elle en devient le centre. D'elle dérivent toutes les autres.

Pourtant, ce Fleuve, ses deux camarades aussi l'avaient peint.

Comme s'il avait deviné la pensée de Gilbert, le passeur a demandé :

— Est-ce qu'au moins ils ont regardé le Rhône ?

— Non. Et j'ai préféré ne pas en parler. Les laisser partir ainsi.

Gilbert a réfléchi encore un instant, puis il a dit :

— Je me demande si je n'étais pas heureux de leur indifférence.

Alors le Père Normand a creusé plus profond ses rides de joie. Avant de retourner à son bateau il a déclaré :

— C'est normal, petit. Tu es amoureux. Tu es jaloux de ton fleuve. Moins tu verras de monde autour de lui, plus tu seras heureux.

*

Gilbert a regardé le passeur s'éloigner vers la rive.

Là-bas, il y a le Fleuve. Simplement de l'eau qui coule ; de l'eau qui peut donner le bonheur.

Qui pourrait donner le bonheur.

Gilbert rentre dans sa maison où ses toiles sont encore telles que ses camarades les ont laissées.

Il en prend une, la contemple longtemps avant de la reposer dans un angle de la pièce, la face contre le mur. Au dos de la toile une inscription a été tracée au pinceau :

« La petite fille de la nuit. »

Gilbert empoigne sa boîte et son chevalet. Il sort.

Vite. Très vite, il marche vers le fleuve.

— Qui pourrait donner le bonheur...

## XIII

L'horizon s'est bouché vers le sud-ouest.

D'abord un nuage. Un seul. Un gros blanc. Tout luisant comme un glacier avec, par-dedans, les taches violacées des rochers. Il s'est élevé presque insensiblement. Il semblait peiner pour sortir de la terre. Il donnait l'impression de traîner quelque chose de lourd derrière lui.

Un temps il s'est arrêté, accroché à la cime lointaine du Pilat, écrasant la montagne sous le poids de sa masse énorme. On aurait dit qu'il cherchait une prise pour grimper contre la dalle unie du ciel.

Gilbert était de l'autre côté de la digue avec le passeur qui reclouait une planche de sa barque.

Ils ont vu pâlir le fleuve devant eux. Un rien, à peine deux éclairs blancs ricochant sur un remous. Le saut d'une ablette, pas plus. Ils se sont dressés pourtant.

Ils l'ont vu.

Il glissait lentement, lentement, mais il avançait.

Pointant sa tête bosselée de plus en plus blanche, de plus en plus grosse, il venait droit sur eux tel une forteresse mobile.

Il avait la majesté d'un patriarche.

Alors les deux hommes se sont regardés. Dans leurs yeux, naissait une lueur indéfinissable : un grand espoir, avec peut-être un peu la honte de cet espoir.

Le Père Normand a posé son marteau et ses clous, il a tendu sa main vers l'ouest, puis vers le sud en disant :

— Tu vois mon gone, ce n'est ni d'ici ni de là qu'il faut que ça vienne, mais d'entre les deux ; juste à l'endroit d'où il sort, celui-là. Alors là, tu peux dire que c'est de l'eau. Et pas un peu, tu m'entends ? Quand le temps se couvre de ce côté, c'est que les deux vents se sont rencontrés ? Deux vents qui viennent chacun d'une mer. Ils se sont levés sur l'eau, et ils portent de l'eau tous les deux. Ils en portent tant et tant que si ça se trouve il va en tomber pendant des semaines.

» Vois ! Vois le fleuve comme il frisotte ? Vois les vorgines qui grelottent. C'est ce nuage qui pousse un peu de vent devant lui pour nous dire : "J'arrive. Regardez-moi les gones ! Regardez ma bonne grosse gueule de nuage plein d'eau !" »

Il riait en disant cela. Il riait comme un gosse.

Il s'était remis au travail. Il tapait plus fort sur ses clous.

Et c'était bon d'entendre son rire dans le bruit du vent qui se levait, courait sur l'eau en chantant, se faufilait sous les arbres déjà mouchetés de rouille, soulevait les branches et courbait les cimes. Et tous ces bruits réunis : le vent, le bruit du marteau, le rire du passeur, la chanson de l'eau faisaient tant et si bien que l'on n'entendait plus le chantier.

Ce nuage, toujours plus gros, forçait l'allure traînant déjà son ombre sur le fleuve à l'extrémité du tournant. D'autres venaient derrière, bien détachés les uns des autres comme des lutteurs méfiants faisant saillir leurs muscles, prêts au combat. Ils étaient beaux. Ils sentaient bon la force que rien n'arrête.

*

Il était quatre heures après-midi quand le premier est apparu ; à six heures le ciel était plein. Il restait juste, à l'est, une bande verte ourlée de neige douteuse, à peine de quoi annoncer la nuit. On sentait que le soleil voulait percer une dernière fois. Trop bas déjà, et trop près de la terre pour l'éclairer, il parvenait seulement à faire saigner quelques blessures mal fermées sur le flanc du troupeau.

*

Ce soir du premier jour, du jour tant attendu, le passeur et le peintre sont restés jusqu'à nuit noire sur la digue. Assis, le dos contre une roche, ils regardaient le ciel. Quand ils étaient fatigués de tenir leur tête levée, ils le regardaient dans l'eau. Il était encore plus beau ainsi. Marchant à contre-courant il donnait l'impression d'aller plus vite encore, plus vite vers son but.

Avec cette fraîcheur nouvelle, l'air apportait des parfums de printemps. Le chantier s'était tu et la nuit emplissait la vallée d'une vie intense. Le Fleuve, qui depuis si longtemps avait perdu la force de chanter seul, s'était mis à bavarder avec le vent.

De temps à autre le ciel lui jetait un louis d'or qu'il aspirait d'un remous, et c'était pour montrer que là-haut les nuages couraient toujours. Qu'ils avaient gardé la bonne direction et qu'ils allaient, plus rapides, plus pressés et n'étaient pas près de s'arrêter.

## XIV

Depuis quatre jours, le Père Normand achète le journal. Un journal de Lyon qui donne beaucoup de détails sur toutes les nouvelles de la région. Chaque matin, sur le coup de six heures, il se hâte jusqu'au bureau de tabac par la ruelle qui grimpe entre les maisons grises derrière la voie ferrée. Il est le premier client.

Le Père Normand achète le journal, c'est presque un événement !

Le premier jour Gilbert a plaisanté :

— Voilà que vous ne vous contentez plus maintenant de lire dans le Fleuve, il faut encore que vous lisiez dans le journal !

Le passeur a ri et il a répondu :

— Que veux-tu ?... Il faut bien savoir également ce que disent les hommes, parce que maintenant, eux aussi commencent à s'intéresser à la vie du fleuve. Tant qu'il reste tranquille, tout timide dans le fond de son lit, ils sont là, à côté de lui, sans en faire plus de cas que s'il n'existait pas. Mais, dès qu'il fait mine de montrer les crocs : Holà garçon ! Attention, ça change tout. On se souvient d'un coup qu'il existe. On le regarde. On le mesure. On le photographie. Et le Rhône par-ci ! Et le Rhône par-là ! C'est bien ce que j'ai toujours répété : les gens commencent à s'intéresser aux choses quand elles deviennent méchantes. La crue passionne comme une guerre, même ceux qui demeurent à des kilomètres de la rive. Et vois-tu, de tout temps il en a été de même. Un peu moins peut-être, parce qu'avant, du temps de loin dont je te parle, on avait des occupations plus saines et on vivait davantage chacun de son côté. Mais c'est égal. Avant qu'il y ait tant de journaux, et pas de photo, et pas la radio ni rien, je me rappelle, moi, les grandes crues. Tous ceux des pays d'en haut, de Charly, de Millery, de Brignais même, qui se moquent pas mal que le fleuve coule ou qu'il s'arrête, hé bien, quand il y avait une crue, tu les voyais tous descendre pour se rendre compte. Chaque jour, il en venait aux nouvelles. Ils demandaient : « Il monte toujours ? » Si tu disais oui, ils attendaient de grands moments, avec l'espoir qu'il se passerait quelque chose. Si tu disais : « Non, il a l'air de vouloir baisser », ils repartaient sans s'arrêter, avec la figure de celui qui est venu au cirque et qui a trouvé la porte fermée. Evidemment, quand il y avait des riverains et leur matériel à évacuer, ils donnaient un coup de main, mais on sentait qu'ils ne venaient pas principalement dans ce but.

*

Le Père Normand a tout le temps de lire le journal. Il n'a presque plus de travail. Les gens ont beau le connaître, ils ne sont pas tranquilles, il n'y a guère qu'une dizaine d'ouvriers vraiment obligés de passer et Pierre, le cafetier, qui a déjà monté ses meubles au premier étage. Il vient au village le matin pour les provisions. L'eau est juste à la porte de sa cuisine. Il sait qu'elle entrera. Il ne se lamente pas : voilà quarante ans qu'il connaît le fleuve.

*

Gilbert s'est mis à lire lui aussi. Chaque jour, le passeur lui donne le journal après avoir vu ce qui l'intéresse. Et, le soir, tous deux, ils commentent les nouvelles.

*

Depuis onze jours, il pleut.

Aujourd'hui on ne voit même plus les nuages tant ça tombe serré. C'est toujours le sud-ouest qui donne et le vent ne faiblit pas. A peine une pose de quelques minutes deux ou trois fois au cours de la journée, juste de quoi reprendre haleine, puis ce sont de nouvelles bourrasques.

Elles se suivent, se pourchassent, se mêlent,

tournent autour des maisons, raclent les toits qui fument.

Gilbert a changé son lit de place et posé une bassine sous une gouttière. Il ne peut pas remettre une tuile tellement la toiture est glissante. Alors, de temps à autre, il va vider la bassine sur le pas de la porte.

Dans le jardin, les haricots ramants sont couchés sur le sol, collés à la terre, comme si on les avait piétinés. Les dernières tomates, à peines roses, éclatent et leur chair anémique suppure dans la boue.

Le bruit de l'eau qui tombe se mêle au bruit du fleuve.

Depuis hier la digue est noyée. On la devine encore au modelé de la vague. Sur toute sa longueur elle dessine une levée rectiligne, arrondie et bien lisse, puis, tout de suite après, un sillon plein d'écume brunâtre et qui bouillonne.

Presque aussi vite que le milieu du fleuve, la lône court. A vrai dire on ne sait plus au juste où elle s'arrête et où commence le fleuve. D'ici, on ne voit même plus à quel endroit il finit de l'autre côté où les peupliers ont de l'eau jusqu'à la naissance de leurs premières branches.

Le fleuve est partout. Il étend sur les champs ses bras noueux entre les saules. Il serre de ses doigts plombés des îlettes de sable qui s'effritent.

Gilbert reste devant sa porte, durant des heures, à regarder.

La grande joie des premiers jours n'est plus en lui. Il ne craint pas pour sa maison, non ; depuis longtemps le Père Normand l'a rassuré :

— Elle en a vu d'autres, et, même si le Rhône y vient, tu déménages quelques jours : la belle affaire !

Non, il ne craint pas pour lui.

Mais les autres. Ceux des pays plats.

Et c'est ce qu'il cherche, surtout, dans le journal. On s'inquiète chaque jour davantage. A Décines on a déjà évacué plus de la moitié du village. Tous les sauveteurs de la région d'amont sont sur les lieux. Et l'on ne sauve certainement pas tout. Jusqu'à présent il n'y a pas de victimes bien sûr, mais faut-il absolument que des hommes meurent pour que ce soit le malheur ? Et tout ce qui passe, porté par le fleuve, n'est-ce pas un peu de la vie de la terre ?

Et même, au fond, de la vie des hommes...

Des arbres entiers avec leurs branches et leurs racines enchevêtrées comme des mains difformes tendues vers le ciel qu'on ne voit pas ; il en passe, il en passe tant qu'on ne les compte plus. Ce n'est peut-être rien, mais c'est tout de même de la vie arrachée. Ces arbres viennent de quelque part là-haut, d'un coin de terre où ils devaient chanter dans le soleil avec des oiseaux plein les bras.

Et ces tonneaux tourbillonnant comme des toupies géantes, et ces caisses, gros cubes cahotants. Et ces meubles que le flot fougueux tourne et retourne, heurte contre les roches, brise à grands coups contre les rives. Tout s'émiette, s'éparpille, s'en va en lambeaux. Du foin aussi, en larges nappes mouvantes telles des îles spongieuses ; on dirait des morceaux de continent arrachés, en marche vers la mer.

Ce matin, il est même passé un berceau oscillant comme pour endormir encore. Un berceau vide, c'est certain. Mais peut-on savoir ce qui se passe là-haut ?

Car, en fait, ce que dit le journal n'est jamais assez précis. S'il n'y avait que le Rhône qui soit en crue, mais la Saône est grosse. Et Gilbert a beau se répéter que la maison de Jules est bâtie pour résister à toutes les attaques de l'eau, il a constamment devant les yeux le lac immense que doit être maintenant cette plaine toute nue. Cette rivière molle doit courir et tourbillonner. Comment peuvent-ils sortir, avec leurs barques minuscules, faites pour le calme plat ?

Est-ce que ce sont les hommes qui sortent pour les provisions ?

*

Gilbert est presque heureux de voir descendre la nuit. Elle vient très tôt. Dans l'obscurité, seule la voix rauque du Fleuve survit, emplissant toute la vallée.

# XV

Ce soir, en arrivant, le passeur pose sur la table un lapin de garenne trempé comme un rat. Il accroche à l'espagnolette de la fenêtre son imperméable ruisselant, puis il dit en s'asseyant :

— J'en ai cueilli trois autres aussi gros que celui-là sur des têtes de saules. Je guette toujours quand l'eau arrive à ce niveau, ceux qui sont surpris et qui restent emprisonnés dans les îles se réfugient sur des saules bas. Ils se mettent en boule et ils ne bougent plus ; alors tu n'as plus qu'à te servir.

Il rit et il ajoute :

— Je ne chasse que de cette manière, moi. Et du temps que Bertrand était là, il passait ses journées à faire les deux rives. Il disait que ce genre de chasse rapportait autant que la pêche.

Il essuie sur sa veste de velours ses mains mouillées avant de sortir son tabac.

Le journal est sur la table, à côté du lapin mort. Il y a toute une page de photographies :

« Les inondations par l'image. » Des rues transformées en rivières. Des lacs avec des toits posés sur l'eau et, sur les toits, des gens qui font des signes aux sauveteurs.

Le passeur tapote le papier du plat de sa main.

— Alors, tu as vu, dit-il. Cette fois c'est le grand coup. Tout se met à donner : l'Ain à pleins bords, le Doubs qui commence et la Saône qu'on dirait la mer en certains endroits.

Gilbert ne dit rien. La Saône oui. La Saône. Et l'on touche à la deuxième quinzaine d'octobre. A cette saison, quand la pluie s'y met de cette façon...

— Alors, demande le passeur, c'est d'accord : on te déménage demain ?

— Oui... d'accord.

Gilbert a prononcé ces deux mots lentement avec une voix qui n'est pas sa voix habituelle.

Le passeur le regarde, puis :

— Faut pas t'en faire, dit-il. Tu sais, une fois que c'est fini, un coup de nettoyage et huit jours après tout est sec.

Gilbert a un profond soupir. A son tour il pose la main sur le journal, en disant avec un peu de colère dans la voix :

— Je comprends pas, bon Dieu, qu'en voyant toute cette misère vous puissiez encore être content. Moi, je commence à penser que je suis un foutu salaud d'avoir demandé la crue.

Le Père Normand a été surpris tout d'abord

par cette colère. Vite il se reprend. Il est calme pour dire :

— Et qu'est-ce que tu veux y changer, hein ?

» Est-ce que tu te figures que le Fleuve s'est fâché pour te faire plaisir ? Est-ce que tu te crois si malin de pouvoir commander le Fleuve ? Alors tu penses qu'il fait ce qu'on lui demande ?

» La vie serait trop facile. Ah, malheur de nous ! Moi, je le connais, le Fleuve. Et mieux que toi, tu peux être sûr. Je t'ai déjà dit : quand il se fâche c'est qu'il faut qu'il se fâche ! Tiens par exemple, l'année qu'ils ont voulu lancer les premiers bateaux à vapeur, il a piqué sa petite colère ; juste ce qu'il fallait pour en esquinter trois ; leur dire comme ça : "J'en veux pas de vos machines qui crachent de la fumée noire, ça me salit la peau, balayez-moi toutes ces cochonneries." Et puis, comme il est bon bougre au fond, quand il a vu que les autres y tenaient vraiment, il a laissé faire. Il a fait celui qui ne s'en aperçoit même pas. Il est au-dessus de ça, Lui. C'est des foutaises. Ça Lui fait pas plus qu'un bateau en papier.

» Mais cette fois qu'on veut Lui changer son lit de place, le mettre en prison, derrière du ciment, tu comprends... ça passe les bornes. Sa colère nous arrange, tant mieux. Voilà. »

— Bien sûr, à vous entendre tout est simple.

— Et c'est pas autrement si tu ne cherches pas à compliquer les choses.

— Il n'y a pas besoin de les compliquer,

elles se compliquent assez toutes seules. Parce qu'enfin, si on veut bien dire la vérité, ce qu'ils ont entrepris, les hommes, là-bas — et le peintre tend la main vers l'est — s'ils le font, c'est probablement utile.

— Mais utile à quoi, grand Dieu !

— Utile aux hommes. A leur bien-être. A l'amélioration de leur existence.

Gilbert hésite un peu, puis il ajoute :

— A leur bonheur !

Le passeur hausse la voix d'un ton.

— Ah ! dit-il, le voilà. Le voilà le grand mot. Celui du pourquoi de la vie !

» Le bonheur !

» Mais bougre de compliqué que tu es à vouloir toujours regarder trop loin, est-ce que ça fera le tien de bonheur ? Le nôtre à nous ? Est-ce qu'on réclame quelque chose aux hommes, nous, pour notre bonheur ?... Est-ce que ça ne te suffit pas pour être heureux, tout ce qu'il y a là, devant toi, autour de toi : les prés, les champs, la terre telle qu'elle est, telle qu'elle doit rester, avec ses arbres, ses fleurs, son herbe, et, au milieu de tout, le Fleuve qui donne la vie ? La vie qui a fait ses preuves depuis des temps et des temps et qui dure parce qu'elle est la vraie vie ? »

— Peut-être, Père Normand. Il y a peut-être quelque chose de juste dans tout ce que vous dites, mais il y a aussi de l'égoïsme. Notre bonheur à nous, il vient de là, d'accord, mais il ne doit pas empêcher le bonheur des autres hommes.

— Mais est-ce que tu crois réellement que c'est là leur bonheur ? Est-ce qu'ils savent seulement où il est ?

— Ils ne savent peut-être pas où il est, c'est possible. Peut-être qu'ils cherchent. Dans ce cas on n'a pas le droit de se mettre en travers. Même si on pense qu'ils se trompent de chemin, parce que pour ces choses qui nous dépassent, on ne peut jamais être certain d'avoir raison.

— Tu te perds mon gone, tu embrouilles tout à plaisir. C'est rudement difficile de parler avec des gens comme toi.

» Et pourtant, c'est simple : tu es là avec ton bonheur, bon. Il te suffit. Voilà les autres qui arrivent et qui se mettent à chercher. Pour chercher il faut qu'ils remuent des montagnes de terre, qu'ils changent des fleuves de place ; et toi qui étais bien tranquillement ici, ça te gâche tout, ce remuement qu'ils font. Alors tu penses : si quelque chose les arrêtait, ça m'arrangerait bigrement. Et il vient, ce quelque chose qui les arrête. Et tu n'es pas responsable de ce qui arrive. Tu vas retrouver ton bonheur et voilà que tu n'es pas content encore ? Quand je te dis que tu es un compliqué. »

— Oui. Peut-être. Mais n'est-ce pas plutôt le bonheur qui est compliqué ?

Gilbert est sincère quand il prétend que la misère des autres ne lui permet pas d'être heureux. Mais la verrait-il, lui accorderait-il la moindre attention s'il avait encore son propre bonheur intact. Quand Marthe était là, il ne se souciait pas des autres. Il était alors comme le Père Normand pour qui rien n'est changé. Ce vieux-là ira jusqu'au bout de sa vie sans chercher davantage. Il a trouvé. Et il parle, il parle sans trêve comme s'il voulait saouler Gilbert de paroles.

— Bien sûr, dit-il, si c'était réalisable, le bonheur pour tous, ça vaudrait la peine de sacrifier celui qu'on a trouvé, quitte à passer le reste de sa vie à en chercher un autre ailleurs. Mais ça n'est pas possible. Il y a un homme sur des milliers qui est fait pour trouver. Les autres chercheront toujours, parce qu'ils veulent un bonheur trop compliqué.

C'est cela, trop compliqué... Mais le veulent-ils vraiment ainsi ? Gilbert a-t-il voulu ? Est-ce que l'on commande toujours ?

Infatigable le passeur poursuit :

— Le bonheur ? Mais ils marchent dessus. Seulement ils cherchent comme des aveugles, comme des sourds. Prends les hommes dans la rue : des pauvres, des riches, des savants, des ignorants ; tu les amènes ici. Tu leur dis : regardez comme c'est beau, écoutez la chanson du Fleuve. Alors là, rien que d'entendre ces mots, il y en a déjà cinq sur dix qui haussent les épaules et se retournent pour regarder passer un train ? Les cinq qui restent tu penses : ça y est, ceux-là ont compris. Alors tu leur dis : eh bien ! ce que je vous montre, c'est le bonheur. Et là, ils se mettent tous à se marrer. Et ils s'en vont. N'importe où. Ils ne savent pas, mais ils continuent à chercher. Et ils disent en parlant de toi que tu es complètement fou... Non mon gars. Moi, il y a longtemps que j'ai compris : le bonheur c'est quelque chose de trop simple pour que les hommes le trouvent. Regarde les oiseaux, tiens. Les oiseaux qu'est-ce qu'ils font en dehors de travailler pour trouver leur nourriture ? Ils chantent, et ils font l'amour ; une fois par an. Tout le reste du temps ils chantent. Et ils sont heureux parce qu'ils chantent et ils chantent parce qu'ils sont heureux. Tu vois que c'est là un bonheur qui ne peut pas avoir de fin. Seulement c'est simple, comme deux et deux.

Ils font l'amour, les oiseaux... Soudain Gilbert en veut au passeur pour ces quelques mots. Cette phrase de rien. Le Père Normand serait-il aveugle, lui aussi ?

— Crois-moi, quand tu tiens le bonheur, il ne faut plus le lâcher pour regarder à côté, sinon il te file entre les doigts comme un grain de sable. Et adieu pour le retrouver dans tout le gros tas de sable qu'est la terre.

Ne pas le lâcher... Mais c'est plutôt le bonheur qui est un énorme tas de sable, qui vous glisse entre les doigts, s'éparpille au vent de tous les côtés.

Non, le passeur ne comprendra pas. Pour lui il

n'y a que deux choses : d'un côté le Fleuve et ceux qui l'aiment, de l'autre côté ceux du canal.

Gilbert se lève. Il fait quelques pas dans la pièce. Il essaie de chasser l'image de Marthe. A quoi bon expliquer. Pour le vieux il y a deux choses c'est tout.

— Seulement, Père Normand, ce que vous dites c'est la négation de l'ambition. Tout le monde ne peut pas être comme nous. Les hommes ne sont pas des oiseaux. Ils ont une intelligence faite pour leur servir à construire, à marcher de l'avant. Le progrès a quand même un côté utile : on ne peut pas nier.

C'est Gilbert qui a parlé. Et s'il pense vraiment cela, il sait bien que ses paroles sont inutiles. Le passeur ne veut pas comprendre ? Si Gilbert accepte d'entrer dans le jeu, c'est pour que la conversation se prolonge. Parce que, ce soir, ce soir plus que jamais, il a besoin d'une présence.

— Tu dis bien petit, un côté. Mais l'autre côté, tu le vois un peu ? C'est pas sorcier : tous les quarts de siècle il sert à faire bousiller des dizaines de millions de pauvres types. L'homme a tout pour être heureux et pourtant il est certainement le plus malheureux de tous les animaux ; uniquement parce qu'il pense trop. Il ne goûte jamais la joie du moment, il pense à celle du moment qui suivra ou bien il pense que sa joie présente pourrait être autrement. L'homme — celui qui fait partie de la société ; pas l'homme comme toi et moi, bien sûr — pourrait être heureux. Il ne lui manque qu'une chose, une toute petite chose, mais une chose indispensable pour faire le contrepoids de tous les maux qu'il doit à son intelligence, et cette chose, c'est le bon sens.

» Et ce que j'appelle le bon sens, moi, c'est le sens de la simplicité. »

Gilbert regarde les toiles accrochées aux murs. Le spectacle toujours renouvelé du fleuve où il peut puiser à chaque heure du jour et de la nuit une émotion nouvelle. Il dit :

— Il faudrait que les hommes, en plus de leur intelligence, aient la bonté. Et pour l'avoir il suffirait qu'ils laissent en eux une plus grande place au rêve. Alors à ce moment-là, même s'ils ne trouvaient pas le bonheur, ils n'oseraient plus toucher au nôtre.

— Tu penses ainsi, car tu as au fond de toi cette part de bonté. Seulement elle ne peut pas remplacer ce qui manque à tous les autres. Il est impossible d'ailleurs de leur faire comprendre ce qu'ils ne veulent pas admettre parce qu'ils auraient l'impression de revenir sur leurs pas. Alors, il vaut mieux se taire... Ils ont beau dire : progrès social, et tout et tout, un pour tous, tous pour un, ça ne les empêche pas de se manger le nez entre eux pour arriver. Nous, vois-tu, maintenant que nous avons trouvé, il faut vivre pour nous, c'est tout.

— Oui, Père Normand, mais c'est de l'égoïsme ça.

— Si tu veux. Je sais bien que je ne suis pas un saint. Est-ce que tu es un saint toi ? Est-ce que tu crois que ça court les rues cette race-là ? Le malheur des autres te fait peine, bien sûr, mais va, ne leur sacrifie pas ton bonheur, ton sacrifice serait inutile. Il y a la grande force de la terre. Elle entre en toi. Elle poussera ainsi qu'un bel arbre parce qu'elle a trouvé le bon terrain.

Le passeur s'arrête un instant de parler. Il regarde le peintre, cherchant sur son visage un signe d'approbation. Il plisse la peau basanée de sa vieille face. Diantre ! que c'est difficile de trouver les mots qu'il faudrait dire. Et pourtant, au fond de lui, tout cela paraît si simple.

Il élève un peu la voix pour continuer, comme s'il espérait se faire comprendre mieux en parlant plus fort.

— Allons sacrebleu, tu reconnais pourtant que leur entreprise, c'est de la pure folie. Tu sais bien que les mariniers eux-mêmes le disent : il leur ferait à peine gagner quelques heures sur le trajet, ce foutu canal de tous les diables. Une idée d'entrepreneurs cherchant à se graisser les pattes ! Et tu te fais du souci pour ça ? Et c'est ça que tu appelles le bonheur des hommes ? Mais ceux qui mettent en branle de pareilles choses ce sont eux qui préparent les guerres. Eux oui, à force de produire des machines. Et ces machines finissent toujours tôt ou tard, par se retourner, non pas contre eux, mais contre le pauvre monde. Contre les ouvriers qui acceptent de les fabriquer... Ces ouvriers sont des fils de paysans ; ils n'ont pas su comprendre que leur bonheur était dans les champs qu'ils ont quittés. Et ces hommes qui les commandent se nomment eux-mêmes les organisés, ils constituent la société. Quand ils parlent de toi, ils disent : le sauvage, le pirate, le parasite. Et moi, je les appelle la mauvaise herbe du monde. Le chiendent qui ronge la paix de la terre.

» Vois-tu quand il y a un chardon dans un champ de blé, il faut l'arracher tout de suite, sinon il grène et le champ est envahi en moins de deux. Hé bien, le monde n'est pas autre chose qu'un champ de blé rongé par des chardons ! Seulement dans certains coins, quelques grains sont restés, comme nous ici. Alors, il faut se cramponner et raciner ferme dans le peu de terre qu'on peut trouver entre les chardons. Quand je pense à ces choses, je me dis : quelle chance d'être venu au monde assez tôt ! Dans cinquante ans seulement peut-on savoir ce que la terre sera devenue ? Si elle est encore là. »

Il a un haussement d'épaules en ajoutant :

— Dire que les hommes ont besoin maintenant de rouler à cent à l'heure dans une automobile pour être heureux... Ils veulent voyager. Voir du pays. Ah ! laisse-moi rire ! Moi, voilà plus de cinquante ans que je traverse le fleuve jusqu'à des vingt fois par jour. Ça n'a l'air de rien quelques centaines de mètres de largeur, mais à la fin du compte ça représente tout de même un sacré voyage. Et je suis bien certain d'une chose : ceux qui font le tour du monde en avion pour battre des records de vitesse se régalent moins les yeux que moi en une seule traversée. Le tout est de savoir regarder. Seulement, il faut avoir des yeux d'homme. Un corps de chair sensible, et pas une mécanique à la place du cœur.

Gilbert est revenu s'asseoir en face du passeur.

Il ne répond pas. Il sent l'inutilité des mots qu'il pourrait dire. La fatigue le gagne. Ses nerfs tendus depuis des jours et des jours ne tiennent plus.

Il est accoudé à la table, la tête dans ses mains.

La pluie sur le toit et contre les vitres est le seul bruit. Ce bruit d'eau se confond avec le bruit du fleuve qui rugit à quelques pas du seuil et qui va entrer demain, dans la maison.

Et cette eau, cette eau boueuse qui salit, qui détruit porte le bonheur ! Son bonheur à lui ! C'est à peine croyable. Et pourtant c'est peut-être vrai.

Un papillon de nuit est venu se réfugier ici. Il tourne autour de la lampe. Son ombre danse sur la table.

Dans le grand bruit de l'eau il y a un autre

petit bruit d'eau qui perce : les gouttes tombent du plafond dans la bassine. Méthodiquement, avec une régularité agaçante elles lapident le temps. Hachant les minutes, seconde après seconde, elles comptent les heures.

Combien d'heures cette colère durera-t-elle encore ?

Le passeur a roulé une autre cigarette. Il l'allume. Il souffle la fumée vers la lampe pour chasser le papillon. L'insecte monte. Son aile noisette fait voler de l'abat-jour un peu de poussière qui brille en descendant lentement jusqu'à la table. L'abat-jour tinte.

Le passeur suit toujours son idée du bonheur. Il dit, paraissant continuer une phrase commencée pour lui seul :

— D'abord, quand ceux qui étaient ici avec toi ont voulu partir, est-ce que tu les as empêchés de s'en aller ailleurs chercher leur bonheur ? Et Bertrand... et Marthe... Est-ce que tu t'es jamais mis en travers du chemin des autres ?

Gilbert a levé la tête. Il regarde le passeur. Le vieux ne s'est aperçu de rien. Il continue de fumer, mais il ne souffle plus sa fumée vers la lampe.

Obstiné, le papillon cogne sa tête contre le verre brûlant de l'ampoule.

# XVI

La nuit s'écoule, interminable.

Gilbert s'est étendu sur son lit sans se déshabiller. Il est immobile, les yeux grands ouverts dans le noir opaque.

La nuit pèse sur la maison, tout autour de la maison de tout le poids de son eau. Cette eau qui tombe, cette eau qui monte de la terre.

Il semble impossible que de l'eau puisse faire tout ce bruit. De l'eau et du vent.

De l'eau qui emporte des arbres. De l'eau qui emporte de la terre.

Du vent qui apporte de l'eau encore sur toute cette eau ; sur tout ce pays noyé.

La charpente de la vieille masure craque sous la poussée brutale des bourrasques. Le chéneau arraché depuis ce matin, pend encore le long du mur. Il martèle et griffe le crépi de ses ongles grinçants.

C'est long, une nuit.

La colère du ciel et de la terre semble rassembler toutes ses forces dans ce petit coin de la vallée. Sur une maison branlante et seule. Une maison qui se sent plus vulnérable parce qu'elle est seule.

Dedans, il y a un homme, tout seul, à attendre le jour qui naîtra de cette nuit. Et ce jour ne sera peut-être pas le dernier de cette terrible colère.

La nuit fait des bruits d'hommes.

Gilbert n'a pas peur. Ce n'est pas la peur qui le tient éveillé. Il sait que le Père Normand ne se trompe jamais quand il lit dans le fleuve. S'il a dit : « Nous te déménagerons demain », on peut être certain que le fleuve ne montera pas jusqu'ici cette nuit.

Non, ce n'est pas la peur. Ni le bruit. Ni même l'attente du jour.

Mais il y a quelque chose qui tourne autour de lui comme l'orage autour de la maison. Il y a tout ce que le passeur a dit tout à l'heure, quand sa voix grave et chaude emplissait de vie la pièce éclairée. Alors Gilbert pensait à Marthe. Depuis que le vieux est parti, c'est à lui surtout qu'il pense.

Tout ce qu'il a dit est tellement simple, au fond. Simple et complexe à la fois.

Gilbert pense qu'il est peut-être comme lui en ce moment, là-bas, dans la maison basse de l'autre côté de la voie de chemin de fer. Comme lui tout habillé sur son lit, à écouter les bruits de la pluie et du vent, ces voix de la nuit qui répètent :

— C'est pour conserver ton bonheur que nous travaillons.

Et le sien, de bonheur, est-ce que les éléments déchaînés le lui rendront ? Si le vieux a vu juste, si la crue anéantit le chantier, les Balarin reviendront-ils ? Et Marthe, acceptera-t-elle de quitter ces hommes à sa mesure ?

Le chéneau bat plus fort. La porte geint sous des coups redoublés. Le fleuve semble dire au vent de frapper pour annoncer qu'il veut entrer :

— Il faut ouvrir tout grand pour moi ; je porte le bonheur vivant dans mon ventre de boue !

Un égoïste, le passeur ? Lui-même le disait tout à l'heure :

— Je suis un vieil égoïste.

Et pourtant, maintenant il doit être, il est là-bas à écouter, tout habillé sur son lit.

Oui, c'est certain, le Père Normand ne dort pas.

Et c'est ce qu'on appelle un vieil égoïste ? Pourtant il ne dort pas cet homme : il sait qu'en cet état le Fleuve est un danger. Il n'a peut-être pas fermé sa fenêtre pour mieux entendre la nuit qui gueule. Pour mieux entendre le cri qui peut percer à chaque instant entre deux rafales ?

Dans la nuit de la chambre, dans la nuit de ses yeux ouverts, Gilbert voit naître une image. Dans le bruit de la nuit une voix monte.

Un film sonore s'est arrêté sur une image et le disque usé répète sans cesse les mêmes mots. Ces mots que le passeur disait tout à l'heure :

— Je ne suis pas un saint... pas un saint... pas un saint...

En face de lui, sur le mur qu'il ne voit pas, l'image tremble, vibre comme projetée par un appareil mal réglé.

Peu à peu elle s'éclaire. Se fixe.

Le disque répète plus haut :

— Pas un saint... pas un saint...

Et cette image, il ne l'invente pas. Elle lui vient de très loin, du fond de sa mémoire : un livre qu'il feuilletait étant tout petit.

Il ferme les paupières, passe la main sur son visage en sueur. Il voudrait chasser l'image ; fermer le livre.

Mais la voix. Les mots dans le bruit de la nuit :

— Pas un saint... pas un saint...

Le livre s'ouvre toujours à la même page. De tout ce gros livre, seule cette image est restée couchée au fond de lui. Et maintenant elle se lève. Droite devant ses yeux. Dedans ses yeux fermés.

Il la voit aussi nettement que si le livre était là, ouvert devant lui, en plein jour.

Un homme est debout dans un bateau. Tout autour du bateau, éclairées par la lumière qui vient de l'homme il y a les vagues d'un grand fleuve.

Pourtant, une chose n'est pas nette encore dans la projection de cette image : le visage de l'homme.

Gilbert ouvre de nouveau les yeux dans la nuit de la pièce qu'inonde maintenant une lumière irréelle.

Il fixe.

Sa fièvre monte. Des frissons parcourent son dos moite.

Le visage de l'homme se précise. Les traits s'accentuent. Les contours se dessinent, se forment, prennent corps, malaxés dans la pâte lumineuse d'un tableau par une main invisible.

A mesure que s'accomplit cet étrange travail, le saphir use la cire du disque qui tourne toujours.

Maintenant tout est parfaitement net.

Le saint drapé dans son manteau de clarté a le visage buriné du passeur.

Le disque tourne plus lentement. On ne distingue qu'un mot de temps en temps : « Saint... saint... » Comme si le fleuve dans sa furie s'acharnait à couvrir les autres mots.

Une chute dans un gouffre sans fond.

*

Brusquement le peintre émerge de son demi-sommeil. L'image a disparu.

— C'est absurde cette image.

— Pourquoi absurde ?

Mais qu'est-ce donc, bon Dieu, que ce passeur ? Qui est-il ce diable d'homme ? Pourquoi répète-t-il : « Je ne suis pas un saint. Je suis un égoïste. Je me fous du bonheur des autres. »

Qui est-il ce vieillard connu de tous les riverains de la vallée pour être le plus grand sauveteur ? Celui qui s'est battu si souvent avec le Fleuve pour lui arracher des vies d'hommes ?

Maintenant Gilbert ne dort plus. Il a une autre pensée. Une pensée peut-être plus absurde que son rêve de tout à l'heure, mais cette fois, il la veut ainsi :

Dans cette nuit d'épouvante une voix s'élève. Un cri. Un appel désespéré venu du milieu du fleuve, là où roulent des vagues de nuit et de mort.

Sur la rive, une autre voix crie au passeur :

— C'est celui qui a eu l'idée de la dérivation. Il se noie !

Le Père Normand ne dit rien. Il pense :

— Qu'est-ce que vous voulez que ça me fasse à moi. Celui-là ou un autre, c'est un homme !

Et il détache la barque du peintre la sachant plus légère et plus rapide que son grand bateau de passeur. Et il se moque pas mal qu'elle risque de se retourner quand l'homme s'agrippera au bordage. Ce qu'il faut c'est arriver. Arriver coûte que coûte avant qu'il ne soit trop tard. Comme il fallait arriver pour empêcher Benoît de détruire le chantier.

Il rame. De toute la puissance formidable de

son corps bandé. Il rame comme il ramait pour sauver Benoît, ce fourbe qu'il détestait.

Il a calé ses pieds de chaque côté des plats-bords, aux sommets d'une courbe pour avoir plus de force encore.

Le bois craque. Le bateau danse. De lourdes vagues claquent contre sa proue. La pluie cingle le visage du passeur.

Des troncs d'arbres descendent, charriés par le courant. De toute la vitesse du courant ils passent dans l'ombre avec leurs gueules de monstres, rasant la barque.

Il rame. Ses jambes se plient, son corps se plie, ses bras se tendent en avant. Ses jambes se tendent, son corps se tend, ses bras se replient sur sa poitrine. Et toujours, avec toute l'énergie qu'il peut trouver au fond de lui. Et toujours plus vite. Et toujours avec une douleur sourde, qui monte le long de son corps glacé de pluie et de nuit.

La douleur est partout en lui. Dans les jambes, dans les bras, dans le corps, dans la tête qui tire en arrière sur le cou où les tendons se nouent.

Et la douleur monte le long du corps, va jusqu'au bout des bras ; crispe les mains engourdies, mordues dessus par le froid de l'eau, mordues dedans par la brûlure du bois.

Il rame. Il plie son corps, il plie ses membres raidis qui lui font mal à hurler chaque fois qu'il se tend en arrière.

Toujours plus vite, il rame. Il n'y a plus de rives, il n'y a plus de village, plus d'arbres, plus de terre. Il y a la nuit, et la pluie et le fleuve et la barque dansant de plus en plus fort, de plus en plus haut sur la crête des vagues, enfonçant de plus en plus profond dans les creux des vagues.

Il y a un homme qui appelle ; un autre homme qui rame.

Il rame avec ses bras, ses jambes, son corps, sa tête qui lui font un mal atroce. Il y a la nuit qui hurle, le Fleuve qui hurle.

L'eau coule sur son visage. Ses mains serrent, serrent.

*

La pensée devient cauchemar.

Gilbert s'identifie au passeur.

Entre deux vagues de sa pensée il plonge dans un abîme sans fond de sommeil.

Une grande douleur monte le long de son corps. Son visage ruisselle de sueur. Ses mains agrippent le drap du lit. Elles serrent, serrent.

Le bateau approche de l'hommme. Le courant éloigne l'homme. Le rameur se penche sur le bordage. Il tend les bras. Il veut saisir l'homme. Le bateau s'incline. Il va se retourner. L'homme et le bateau sont pris dans un grand remous qui les aspire. Ils tournent.

Le bateau s'incline toujours, toujours, toujours. Et l'homme s'éloigne de nouveau. Et le bateau s'incline encore sans se retourner comme si le fleuve tournait sur lui-même à mesure que le bateau s'incline davantage. Comme si ce monde entier de nuit tournait; tournait; tournait...

## XVII

La tête lourde, courbatu, plus moulu de fatigue qu'après une nuit de pêche, Gilbert s'est levé à l'heure où l'avant-jour terne grisaillait les vitres.

Avidement il a bu de grandes lampées d'eau fraîche.

Il pleut.

Sous la gouttière la bassine déborde. A quoi bon la vider maintenant !

Dans la nuit le fleuve a grossi de quatre-vingts centimètres. C'est à peu près ce qu'ils avaient prévu.

Vers les sept heures Gilbert est allé à la gare emprunter un chariot.

Avant de commencer le déménagement, le Père Normand a passé chez le cafetier d'en face. Aujourd'hui les ouvriers ne traversent pas, c'est inutile, la route qui mène à l'usine est coupée en trois endroits. Ils ont dû prendre le premier train et faire le tour par Lyon.

Gilbert a empilé ses toiles dans deux caisses

prêtées par le menuisier. Il les charge en premier.

Gilbert pense : « Le Rhône se sauve devant le Rhône. »

Puis, ils mettent la table, les trois tabourets, le buffet et les ustensiles de cuisine qu'ils ont entassés pêle-mêle dans une corbeille à linge. La cuisinière, ils la laissent. De toute façon elle ne vaut pas cher et l'eau ne lui fera pas grand mal.

Ils emmèneront au deuxième voyage le lit et la vieille armoire.

Chez lui, le passeur a déjà préparé la place. Tout doit tenir sous l'appentis. Sauf les tableaux, bien sûr — ils sont trop précieux ; on les mettra dans la cuisine — et le lit qu'on dressera à côté du sien.

Avec le poids, les roues du chariot se sont enfoncées dans la terre détrempée du jardin. Les deux hommes pataugent dans la boue noire qui colle à leurs pieds.

L'averse redouble.

Le Père Normand a pris le timon d'abord. Il tire allongeant son grand corps en avant. Par deux fois il glisse et tombe à genoux. Après la deuxième chute il est obligé de quitter ses bottes pour les vider.

— Attends un peu, dit-il. C'est l'arrière qui s'est enfoncé le plus. Tu vas tirer devant, moi je soulèverai le cul.

C'est bien ce que le peintre tentait de faire,

mais sa force n'est rien, comparée à celle du passeur.

Le Père Normand s'accroupit à demi, ramasse toute sa vigueur d'un bloc, son cou semble un câble noué dans une gaine trop étroite. Il a pris un bon appui du pied contre la marche de l'escalier.

Il geint. Il est un cric qui se déplie.

La boue adhère au fer des roues. Elle suce, aspire comme une bouche avec un bruit de langue.

Mais le Père Normand c'est de la force. Centimètre par centimètre, le chariot monte. Il se décolle, avance.

Il roule. Le passeur crie :

— N'arrête pas !

Et ils vont tout d'une traite jusqu'au terre-plein de sol ferme devant le passage à niveau.

*

On est bien dans la maison du passeur.

Depuis trois jours qu'il est ici, le peintre a retrouvé un peu de calme.

Le Père Normand ne traverse plus qu'une fois par jour pour le cafetier. Le reste du temps ils ne sortent guère, ni l'un ni l'autre, si ce n'est pour jeter un coup d'œil au Fleuve.

Il monte plus lentement, car il s'étend maintenant sur des kilomètres de largeur, mais il monte tout de même.

Ils savent que le chantier est noyé. Cette fois, il n'y a plus de doute.

Ils n'en parlent pas.

Ils savent. Ça suffit.

Cette pensée est en eux, constamment, mais ils ne veulent pas en parler.

Ils vivent un peu comme les enfants qui jouent avec plus d'entrain parce que l'un est venu chez l'autre. Ce sont des vacances en quelque sorte. On cuisine. On mange. On reste longtemps à table.

C'est le soir surtout qu'il fait bon ! Les volets sont tirés. Dans la cuisinière de brique adossée au mur, le feu ronfle en dévorant quelques épaves encore suintantes.

Dehors : la pluie, le vent.

On les entend moins dans cette maison. Elle est mieux abritée, plus éloignée des îles où la tourmente enrage, chargeant les peupliers. Puis, ils sont deux. Et ils parlent.

C'est le passeur surtout qui parle. Les histoires de son temps : les moulins sur le Rhône, les joutes, les fêtes sur l'eau comme on n'en voit plus de nos jours. Et même, plus vieilles encore, les histoires qu'il tient de son père, l'homme du temps de la batellerie.

Gilbert les a entendues cent fois peut-être, mais c'est bon de les entendre à nouveau, surtout maintenant. Surtout ici, dans cette maison où tout est vieux. Il y a la voix de l'homme qui raconte et tout autour de lui les témoins du temps dont il parle.

Les meubles, les objets sont à son image. La table épaisse et patinée, semble taillée dans le même bois que lui, rude et sain, inusable. Chaque assiette, naïvement, dans un langage pareil au sien, raconte elle aussi une histoire. Une cruche de terre ventrue, à col étroit et toute vêtue de paille, tient le vin au frais. Pendue au flanc d'une carate elle a peut-être fait de nombreuses fois le voyage de Lyon à Beaucaire.

— C'était il y a de cela...

Oui. Tout ici est d'une autre époque.

D'une époque où les mariniers trouvaient le temps, entre deux voyages, de tailler leur croix dans une branche de cornouiller.

Elle est là, au mur, cette croix. Poussiéreuse, émouvante à force de gaucherie.

Elle parle.

Pour le peintre elle dit plus que la plus belle histoire, que le plus beau des livres.

Elle dit toute la foi naïve de celui qui, durant les veillées d'hiver, à la pointe du couteau, a sculpté dans les bois noueux tous les instruments de la Passion.

Elle dit l'amour du bon travail et des joies franches avec ses avirons et sa gourde pendue. La présence de celui qui souffre avec la lance, avec l'éponge, le marteau et les clous et puis le cœur qui saigne, rougi peut-être avec le jus de la cornouille ou les baies de sureau. Elle dit aussi la charité avec sa bouée de sauvetage. Son glaive, c'est le courage. Elle dit l'espoir toujours nouveau du monde avec le cri du coq au réveil ; la joie pour tous sous son soleil.

Un soir le passeur a demandé :

— Toi qui es artiste, ne la trouves-tu pas belle cette croix ? N'était-ce pas un artiste aussi, mon grand-père ?

Bien sûr que c'était un artiste, ce marinier. Un gaillard qui avait peut-être des mains deux fois plus grosses que celles de son petit-fils. Un artiste, malhabile, peut-être, mais cette sincérité ne vaut-elle pas tous les talents du monde ?

*

Gilbert s'abandonne au bercement de l'incessant babillage du passeur. Il ne veut plus penser. Il n'en a plus la force.

Il attend.

Il sait que maintenant la crue ne peut plus durer longtemps. Quand tout sera terminé, on verra. On décidera.

## XVIII

Le fond de la vallée sommeille encore sous son duvet de brume. Un grand sommeil agité de fatigue.

Un grondement assourdi monte de ses grisailles jusqu'à la grisaille du ciel.

Il n'y a plus de nuages : le ciel est un nuage. Un seul : uniformément sale comme une plaine posée sur les quatre bords de l'horizon. Un nuage immobile.

Un bâillon de brume étouffe la voix du fleuve.

C'est pourtant cette voix qui les a éveillés. Elle seule subsiste du tumulte des jours passés.

Hier au soir déjà, lorsqu'ils se sont couchés, la pluie ne tombait plus, mais le vent courait encore entre la terre et le ciel mouillés.

Ils sortent.

— C'est fini, dit le passeur.

Ils traversent la voie ferrée. Les rails sont rouillés. L'eau avait enjambé le talus, plus bas du côté de la Tour de Millery et depuis cinq jours les trains ne passent plus.

Gilbert regarde sa maison. Le Rhône s'est déjà retiré. On voit contre le mur, jusqu'à mi-hauteur de la porte, un soubassement sombre.

Le peintre retrousse son pantalon jusqu'au-dessus des genoux, puis il entre dans l'eau. Il suit l'allée au jugé, il n'y a plus de gravier, ses pieds enfoncent. Il est obligé de pousser de l'épaule pour ouvrir la porte qui résiste. Un flot d'eau noire saute le seuil.

Il n'entre pas. Il a sorti son couteau de sa poche et avec le poinçon il creuse un trait blanc dans le crépi à la limite du mouillé et du sec. Puis, à côté, il grave la date.

Dans le jardin, seuls sont encore debout trois piquets de tomates, la murette de clôture est au ras de l'eau.

La barque de Gilbert est attachée à un pieu solide qu'il avait planté tout exprès devant son jardin. Elle se balance en tirant sur sa chaîne qui se tend par moments et sort de l'eau. Quand le fleuve regagnera son lit, il la posera doucement sur la terre ferme. Ce sera une bonne occasion de la repeindre.

*

Ils sont retournés à la maison du passeur. Le temps d'avaler un restant de bouillon au vin et une frottée d'ail, les voilà qui ressortent pour se diriger cette fois vers le bateau amarré au talus du chemin de fer.

— Je me doutais bien, dit le passeur, que la décrue commencerait cette nuit ; si j'avais amarré court, en ce moment mon barlu serait pendu par le nez avec le cul dans la vase.

Le Père Normand a pris les rames, il tire droit sur l'autre rive.

La brume n'en finit pas de se lever. Elle monte en larges traînées cotonneuses qui ondoient. Le fleuve fume comme une soupe grasse.

Déjà les premiers peupliers se devinent, formes étranges emmitouflées de laine pommelée. Ils avancent, poussant du pied dans le courant les saules qui égrènent le chapelet de leurs silhouettes trapues et se démènent à la façon des nageurs en secouant leurs chevelures ruisselantes.

Le passeur ne rame plus. Il laisse filer son bateau vers l'aval donnant seulement, de temps à autre, un petit coup de gauche ou de droite pour conserver la bonne direction. Il laisse aller ainsi jusqu'à la corne du bois au fond du grand tournant. Profitant d'un remous, il quitte le gros du courant et contourne les derniers arbres.

Là, on se croirait sur un autre fleuve. Un fleuve plus calme s'étalant sur les prés jusqu'à la route nationale. Quelques buissons émergent, des piquets, une baraque de jardin en planches goudronnées, c'est tout. De l'eau. De l'eau boueuse partout.

Ils remontent. Ils passent en revue la vieille garde des peupliers figés dans un garde-à-vous impeccable, de l'eau jusqu'au milieu de leurs jambières crottées; fiers d'avoir tenu sans rompre l'alignement.

Le Père Normand n'y tient plus. Il rit.

— Vois mon gone, dit-il. Vois la force de la nature, ce qui est né là est fait pour demeurer là. Tous debout; les vieux bougres et fermes comme une montagne de vie. Et là, en dessous de nous, la pauvre force de l'homme. Tu vois ce qu'il reste de l'orgueil des hommes quand la terre se fâche ! Il est là, leur chantier. Là, en dessous de nous, en dessous de toute cette eau. On marche dessus en ce moment avec le Fleuve qui nous porte.

Sur leur gauche il y a une sorte de barrage : trois poutrelles de fer plantées verticalement dans l'eau ont arrêté une énorme souche. Puis, des branches, des planches, des paquets d'herbes, des détritus de toutes sortes sont venus se plaquer contre la souche. C'est ici que devait se trouver la deuxième écluse du canal.

Le passeur avance son bateau et le cale le long de cet amoncellement de choses mortes. Il se lève, plonge sa rame dans l'eau : elle s'enfonce à moitié à peu près.

— A peine un mètre d'eau, dit-il. Le fleuve a fait de la belle besogne. Alors là, on peut dire qu'il leur a donné la grande leçon. Tu vois un peu ce qu'il a fait ? Il a commencé par foutre par terre d'une chiquenaude leur mur de papier mâché. Il a juste laissé debout ces trois malheureux morceaux de ferraille, puis, il a dit : maintenant, moi je vais vous montrer comment on construit un barrage. Un vrai. Un solide. Et il s'est mis à entasser là tout ce qui lui tombait sous la patte. Puis, pour terminer son travail, il a charrié du sable derrière. Plus de digue, plus de canal, plus rien. Tout nivelé et plat comme avant. Et, tu peux être tranquille : c'est pareil tout le long.

Pour bien montrer qu'il ne se trompe pas, le passeur abandonne les rames, prend l'harpie et continue la remonte en s'appuyant au fond de sable.

Il a raison, à peine quelques trous de deux mètres au plus, tout le reste c'est du plat : la prairie a repris sa place.

Ici une pancarte est restée plantée à l'abri d'un tronc : *« Zone dangereuse »*.

Le passeur lance en riant :

— Ils ne pensaient pas si bien dire !

Les deux grues géantes que les hommes avaient cru pouvoir laisser sont mortes. Couchées dans l'eau elles tendent, comme un signal inutile, leur flèche squelettique. Les câbles qui devaient les retenir se sont rompus ; ils pendent effleurant l'eau.

Le passeur répète :

— De la belle besogne, oui. C'est de la belle besogne.

Gilbert ne contredit pas. Il regarde la joie qui s'inscrit sur le visage du vieillard. Il la sent venir jusqu'à lui. Il n'a plus le courage de contredire : lui non plus n'a rien d'autre que sa pauvre force d'homme.

Du chaud pénètre en lui.

*

Un vent frais se lève, venu de l'est cette fois.

Le ciel monte, blanchit. Le soleil essaie un rayon incolore. Une lumière incertaine coule entre les branches, accrochant des perles tremblotantes aux guirlandes de ronces.

Les peupliers qui s'égouttent encore, se mettent à chanter. Derrière eux, autour d'eux, le fleuve chante : la proue du bateau, les gouttes en tombant de l'harpie. Tout se met à chanter, à dire des mots pleins de musique.

Gilbert sent en lui quelque chose qui veut chanter aussi. Quelque chose de plus fort que sa volonté d'homme.

Alors il répond au rire du passeur.

Il ne peut plus empêcher son cœur de chanter.

Le vent grossit. Il court sur l'eau et l'éclaire. Il efface à grands coups d'ailes les traînées brumeuses de pastel étendues au pied des collines.

Puis, d'un trait, le ciel se déchire, s'ouvre en deux et le soleil entre dans l'atmosphère lavée.

Enfin, les oiseaux qui doutaient encore, les oiseaux qu'on n'avait plus entendus depuis des jours, s'appellent d'un arbre à l'autre. Ils tiennent la partie de fantaisie dans ce merveilleux concert de la joie qui chante.

Sans la rouille des feuilles on pourrait facilement se croire au printemps.

*

Toute la matinée ils ont flâné en bavardant. Ramant comme à la promenade, s'arrêtant souvent, ils parlaient. Ils disaient des mots pour le plaisir d'entendre le son de leur voix se mêler aux mille voix de la vallée.

Et l'après-midi, ils sont revenus. Le passeur a débarqué Gilbert sur un tertre déjà sec.

Il a juste assez de place pour poser sa musette et planter son chevalet. Il a pris sa plus grande toile.

Il faut bien ça pour qu'il puisse exprimer tout ce qu'il sent bouillonner en lui.

Il peint.

Il peint comme si cette toile était son œuvre unique. Toute son œuvre.

A mesure que le Fleuve se retire, que le soleil suit sa route vers l'ouest ; à mesure que tout change, se modèle, se métamorphose, il peint. Sur les couleurs il remet d'autres couleurs et la toile s'anime, se met à vivre sous sa main.

Le passeur sourit. Il est venu trois fois déjà pour le regarder faire.

— Mais tu ne t'arrêteras donc jamais, dit-il. Depuis que tu es là tu as fait vingt tableaux au moins, les uns sur les autres. Et dire qu'il n'en restera qu'un seul !

Un seul, oui. Mais il y aura dedans tant et tant d'amour, tant de vie et d'espoir, qu'il sera le plus beau, le plus vrai. Il aura enfin la force de dire toute la musique et la chaleur du monde.

Le passeur ajoute :

— Tu vois petit, si j'ai tant d'amitié pour toi, c'est peut-être qu'au fond, ce que tu fais, j'aurais aimé le faire, moi... Seulement, jamais l'idée ne m'en est venue... Et puis, je n'aurais jamais pu y arriver. Ça c'est sûr... Si seulement, un jour, les hommes pouvaient comprendre...

Le Père Normand n'achève pas sa phrase. Un sifflement prolongé, parti de l'autre rive, vient de le rappeler à son métier de passeur.

Debout sur le sable doré par les rayons encore brûlants du soleil, Gilbert le regarde s'éloigner.

Sa silhouette monumentale se détache en contre-jour dans la lumière éblouissante. Le vent s'engouffre dans sa chemise. Il élargit encore ses épaules puissantes. Sa barque fend l'eau qui jaillit, écumante.

Accrochés par le prisme des vagues, les rayons jaunes sèment une longue traînée étincelante qui vibre, peuplée d'une myriade de touches irisées.

Sur ce Fleuve de clarté, un vieillard colossal, dernier survivant d'une race à jamais disparue, éparpille à gestes généreux des bouquets d'étoiles d'or.

## XIX

La crue n'a pas été une petite affaire, tous les journaux en ont parlé. Rien que pour le chantier, des millions et des millions de dégâts. Tant qu'ils ne peuvent encore donner de chiffres exacts.

L'évaluation ne semble pas difficile pourtant : il ne reste rien. Absolument rien, sinon les carcasses tordues des grues à demi enterrées, un trou, une bosse, des poutres de fer déjà rouillées ; rien quoi.

Le Rhône encore gros a regagné son lit si bien que l'on peut maintenant se promener à pied sur l'emplacement du chantier.

Octobre qui touche à sa fin arrache aux peupliers leurs dernières feuilles ambrées. Comme s'il voulait parachever le travail du fleuve, le vent les plaque sur la terre encore molle.

Il en est tombé une, d'abord, qui a tourné longtemps comme un passereau à plumes rousses avant de se poser. Puis, une autre plus loin. Puis trois, puis quatre, puis un grand vol continu pendant des jours. Maintenant les grands arbres frileux n'ont plus que leur plumet tremblant.

Le vent s'essouffle ; marque des moments de répit. Il se faufile entre les troncs, se couche et demeure un temps endormi sur le sol. Il étale ses membres souples dans l'herbe boueuse. Il a des soubresauts. Puis, d'un bond il se dresse, monte en bousculant les branches, dérobe deux feuilles surprises. Il les enlève très haut, s'en amuse quelques minutes avant de les abandonner pour porter plus loin son caprice. Elles planent, descendent lentement cherchant une place entre les autres.

C'est maintenant un grand tapis d'automne qui recouvre le cimetière où dort, écrasée, vaincue, la présomption des hommes.

*

Tous les journaux en ont parlé. Leurs comptes rendus laissent espérer que la leçon du fleuve n'aura pas été vaine. On peut dormir sur ses deux oreilles, reprendre ses petites habitudes, on sent devant soi des années de vie tranquille.

Et, avant-hier, Norine est venue avec son cousin, pour s'assurer sur place que les choses sont bien ainsi. Elle a expliqué :

— On va s'en revenir. C'est pas qu'on était mal là-haut, seulement on est obligés. Ils le savent ceux de la halle, qu'on est plus ici, alors ils ne veulent plus payer le poisson au prix de la friture du Rhône. Donc, c'est décidé : on revient. Seulement on reste la semaine à cause du poisson que la rivière a laissé dans les bas-fonds de la plaine là-bas. Ce serait dommage de ne pas en tirer profit, c'est tellement facile de les prendre. Au filochon, qu'on le tire. Il y a juste à se baisser pour le ramasser dans la vase. Seulement, il faut se hâter avant que les gardes des sociétés de pêche s'amènent. Il paraît qu'ils le prennent pour le refoutre à l'eau, ces couillons-là.

Et le cousin a confirmé :

— Oui, chaque fois qu'il y a une crue c'est pareil. Et il faut s'en méfier de ceux-là, ils sont mauvais, et toujours des cognes avec eux.

Avant de remonter dans le camion, Norine a cligné de l'œil en direction du peintre. Elle a ajouté :

— Oui, on revient. Et tu sais, j'en connais une qui ne tient plus en place depuis qu'elle le sait...

*

Puis, ils s'en sont allés et la semaine s'est écoulée, interminable pour Gilbert, malgré tout le travail qu'il a eu pour décrasser sa maison. Il n'a pas encore ramené ses meubles. Mieux vaut attendre que tout soit bien sec. D'ailleurs, il se trouve bien dans la maison du passeur et il n'est pas fâché d'y rester jusqu'au retour de Marthe.

Mercredi tout était en ordre, et c'est seulement samedi que les pirates reviennent. Alors le peintre s'est mis au jardin. Il l'a nettoyé à fond. Hier il a charrié un gros tas de bois mort, tronc par tronc, sur son dos, depuis les îles. Il se sent neuf, plein de vie. Il faut qu'il se dépense. Il ne peut pas rester tout le jour sans rien faire, avec sa tête pleine à craquer.

Peindre ? Impossible. Ça remue trop en lui. Il n'a pas la quiétude indispensable. Il attend. Quand ce qu'il attend sera arrivé, alors là, oui, il pourra faire n'importe quoi.

Le passeur sourit de le voir ainsi.

— Tu es un autre homme, garçon, dit-il.

Et ils rient tous les deux. Ils n'ont pas honte de leur joie.

*

Enfin, c'est demain que les pirates reviennent.

Gilbert dit au passeur :

— Le cousin de Norine les ramènera avec le camion. Mais avant ils s'arrêteront à Lyon pour la vente du poisson. J'ai envie d'aller à leur devant jusqu'à la halle. Ils doivent y être vers les sept heures le matin. Vous parlez d'une surprise, pour la petite, de me trouver là-bas en arrivant.

— Tu vas aller comment, à pareille heure, avec leur sacré horaire d'hiver ?

— A pied pardi. En marchant bien, doit falloir pas loin de trois heures pour être rendu.

# XX

Gilbert est parti. Quatre heures venaient à peine de sonner. Il est certain au moins de ne pas être en retard ; et puis, de toute façon, il était éveillé depuis longtemps.

A part une fente rouge sous la porte du fournil et le ronron du pétrin mécanique de la boulangerie, tout le village reposait encore.

Il marche.

Il fait bon dans le frais de la nuit. Un vent du nord léger folâtre dans les herbes du talus. Un croissant de lune glisse vers l'ouest et sa lumière timide ébauche des formes lourdes.

Paupières ouvertes sur leurs yeux nacrés, les maisons dorment.

Gilbert allonge le pas.

Soudain la route se perd dans l'ombre d'une propriété bourgeoise. Elle plonge entre deux murs. Un tournant incliné ; tout le gravier entassé sur le bas-côté roule et crisse sous le pas. Une chouette gueule, deux battements d'ailes entre les branches, puis le silence.

La route remonte.

Une deux, une deux, les pieds nus claquent sur le goudron.

Les flaques grivelées de lune sont plus nombreuses. Passés les murs, trois pins encore, une haie de charmille avec toutes ses feuilles racornies qui crépitent dans la bise comme un bon feu de sarment et la route émerge. Ici, elle est en surplomb du côté droit. Une combe plantée d'acacias chétifs descend jusqu'aux îles. Après, c'est le fleuve. Il miroite prenant toute la lumière de cette fin de nuit.

Gilbert est seul avec des choses toutes pleines de la vie du vent et qui semblent marcher à sa rencontre. Les arbres, les buissons, les herbes, le fleuve, les étoiles, la lune, le ciel, il a tout pour lui seul.

Il marche.

Une deux, une deux, sur le goudron poli par endroits, rugueux plus loin. Le goudron est frais. Tout est frais dans cette nuit. Pourtant, sous ses pieds, une bonne chaleur naît à chaque pas.

Il marche.

Une deux, une deux. Et tout ça : la route ; la nuit, le ciel, la lune, les étoiles, le fleuve, les herbes, les buissons, les arbres, tout est en lui.

Il ne pense pas. Il marche ; simplement, comme ça, dans la nuit qui est là pour lui. Il marche avec dans sa tête la forme, la voix des choses qui meublent la nuit.

Il n'y pense pas, c'est là, dans sa tête, et ça marque le pas :

— Une deux, étoile lune ; une deux, fleuve nuit ; une deux, buisson ciel...

Ces choses dansent devant lui et les noms de ces choses dansent dans sa tête : une musique bien rythmée.

Et la route s'en va dans la nuit, toute seule aussi, derrière lui.

Il marche sans penser. A-t-on besoin de penser pour marcher ?

Les jambes vont d'elles-mêmes. Un pied avance, claque le sol, l'autre se plie. Il couine un peu sur le goudron ou roule sur le gravillon, puis se lève, avance, claque le sol à son tour. Et comme ça, l'un après l'autre, les pieds se plient, se soulèvent, avancent, claquent le sol, toujours sans qu'on ait jamais besoin de penser. Et chaque fois on dit en soi :

— Nuit lune ; fleuve route ; ciel nuit...

*

Il a passé deux villages et suit maintenant la ligne droite que borde une saulaie. Un bruit qui n'est pas un des bruits de la nuit vient de naître derrière lui. Vague, lointain d'abord emporté par la bise, il se précise et grandit.

Sans s'arrêter, Gilbert se retourne. Une lumière vive l'éblouit. Le bruit s'avance.

Un instant il n'est plus seul, il a devant lui

une ombre démesurée qui va du même pas que lui : une deux, une deux.

La camionnette ralentit en arrivant à sa hauteur. Une voix hèle :

— Ohé l'ami ! Tu vas à Lyon ?

Un maraîcher, sûrement, qui se rend à la halle ou au quai Saint-Antoine.

— Non merci : je m'arrête là, deux pas plus loin. Merci.

Le moteur grogne. La voiture repart.

Gilbert rit. Il rit parce qu'aujourd'hui n'importe quoi pourrait le faire rire. Il rit parce qu'il a dit : non merci. Parce qu'il aime mieux faire la route à pied, tout seul.

Il s'est mis dans l'idée de faire cette route comme ça, à pied, tout seul dans la nuit. Il l'a imaginée telle qu'elle est, là, devant lui. Ça lui gâcherait quelque chose de la faire autrement. Le bruit d'un moteur au lieu des bruits de la nuit, la lumière jaune des phares chassant la vie de la nuit. Non, il préfère marcher. Il a le temps.

Il marche, tout seul, et c'est bien ainsi.

*

Sans qu'il s'en aperçoive, pendant qu'il marche, l'horizon se hausse jusqu'à la lune. De l'autre côté, le ciel se détache de la terre ; une lueur rose monte des collines.

Ce qui reste de nuit se réfugie sous les saules et se cache au creux des fossés.

Sur les chairs moelleuses de l'aurore allongée dans le satin douillet des vapeurs bleutées, les premières constructions d'Yvours se dessinent. Anguleuses de lignes, rébarbatives d'aspect, avec des cheminées comme des tours, elles avancent peu à peu et masquent le ciel neuf. C'est la ville. Elle commence tout de suite après la dernière touffe de saules. Un jardin encore, avec sa baraque minuscule écrasée par la masse d'une usine...

Les bruits de la nuit cèdent le pas aux bruits de la ville.

Il faut traverser Pierre-Bénite, noire de crasse et de suie ; la Saulaie-d'Oullins, qui n'a plus de saulaie que le nom ; passer la Saône sur le pont en dos d'âne de la Mulatière pour retrouver le Rhône.

Gilbert presse le pas.

Là c'est Lyon. Le Rhône n'est plus le même entre ses rives de ciment.

Gilbert suit le quai planté de platanes.

Malgré la bise une buée cireuse met un voile au soleil.

Il n'y a plus les bruits de la terre et ceux de la ville ne pénètrent pas en lui.

Il n'entend pas claquer son pas.

A présent il pense.

Il pense à la route qu'il vient de faire et qui s'achève. Il pense à ce qu'il va chercher au cœur de cette ville hostile. Elle ne lui a rien fait cette ville, mais il s'en méfie comme d'une bête sournoise. C'est une ville, quoi ! Une ville semblable à toutes les villes et ça suffit. Il n'aime pas les villes, c'est un sentiment qui ne s'explique pas : c'est ainsi.

Pourtant, il est venu vers elle d'une traite et il continue d'un bon pas. Il force l'allure pour s'enfoncer au cœur de cette cité, mais il va ainsi, car il sait ce qu'il va chercher.

Il pense au Père Normand qui disait hier :

— Va mon gone, je suis heureux pour toi. Bien heureux tu sais. Va. C'est peut-être le fin du fin de ton bonheur que tu vas chercher là-bas. On dit ici que rien de bon n'en vient de cette ville, ni vent, ni gens, mais toi, celle que tu vas chercher n'est pas de là-bas. Elle ne fait qu'y passer. C'est d'ici qu'elle est.

Mais pourquoi le passeur a-t-il dit peut-être ? Que veut dire ce « peut-être ? »

Tout simplement un mot, venu tout seul dans une phrase. Un mot inutile comme on en dit tant. Et puis, au fond, avec ces choses, on ne sait jamais. Il est normal après tout de dire : peut-être, quand on parle du bonheur qu'on va avoir.

En entrant dans la ville il a demandé les Halles, on lui a dit :

— Passez encore quatre ponts, au cinquième tournez à gauche et vous verrez, c'est tout de suite à votre droite, sur une place.

Il y est maintenant. Il cherche l'endroit où se tiennent les marchands de poissons, puis il ressort dans une petite rue. C'est sûrement là que le camion viendra s'arrêter.

Il attend.

*

Il attend une bonne heure, bousculé par les gens qui s'affairent, passant d'un trottoir à l'autre, sans parvenir à s'intéresser au spectacle de la rue.

Le camion arrive enfin.

Gilbert s'avance jusqu'à la portière qui s'ouvre. Le cousin descend, puis...

Puis, plus rien. Le cousin est seul. Il est surpris de voir le peintre. Il s'avance vers lui et, tendant la main il se met à rire.

— Alors garçon, dit-il, t'en fais une tête !

Gilbert serre la main du petit homme.

— Et... Et les autres ?

— Les autres ? Sacré farceur, va ! Tu penses déjà que la petite t'a oublié ?

Le cousin fait languir Gilbert quelques minutes avant d'annoncer que les Balarin ont retardé leur départ d'un jour.

— Tu comprends, il reste du poisson dans les trous. On n'a pas pu finir hier, les cognes nous ont dérangés. Alors, on remet ça ce soir.

Il est heureux, le petit homme. Il parle, il parle, il n'en finit plus d'expliquer, de s'extasier sur la façon dont Marthe a dérouté les gendarmes pour permettre aux autres de sauver le poisson.

— Faut qu'elle soit forte, tu sais. Elle les a emmenés au diable et, en fin de compte, elle les a semés en se planquant dans un trou. Ils en avaient tellement marre de patauger dans la vase qu'ils ont fini par foutre le camp.

Jules prend le temps d'un gros rire qui secoue son ventre, puis il dit :

— Si c'était pas la question qu'en étant à Vernaison, ils vendent mon poisson avec le leur au prix de la friture du Rhône, tu peux être certain qu'on la garderait, la gamine. Et ses vieux avec.

*

Les deux hommes ont traversé la rue. Ils sont dans un petit café où Jules demande un pot et deux verres.

Gilbert trempe à peine ses lèvres dans ce vin trop froid. L'autre vide son verre d'un trait, passe le dos de sa main sur ses lèvres, puis il remarque :

— Ça t'embête à ce point, d'attendre un jour de plus ?

Il a un clin d'œil complice pour continuer :

— Si c'est ça, tu montes avec moi. Tu ne seras pas de trop cette nuit.

## XXI

Ils sont arrivés sur le coup de midi. Les autres attendaient Jules pour se mettre à table.

Dès que Gilbert a ouvert la portière, Marthe s'est précipitée vers lui. C'était la première fois qu'elle l'embrassait devant ses parents.

Bertrand ne disait rien. Norine riait de bon cœur.

*

Comme la maison est trempée jusqu'à hauteur d'homme, ils sont encore tous entassés au premier étage. Pendant la crue, ils ont transporté le lit de Bertrand et de Norine dans la chambre du cousin. Dans la pièce où la table est dressée, il n'y a plus que le lit de Marthe.

Norine s'est empressée de mettre un couvert de plus et d'ajouter trois œufs à l'omelette. Jules est allé lui parler à l'oreille. Ils ont ri tous les deux en regardant les autres, puis le petit homme est sorti en faisant signe au grand de le suivre.

Les voilà qui reviennent. Le grand porte quatre bouteilles. Le cousin en serre deux autres entre son bras et sa poitrine. De l'autre main il brandit un jambon entamé qu'il fait tourner à la manière d'une massue. Il rit.

— Les amoureux, crie-t-il. Faut arroser ça. C'est quasiment les fiançailles. Je veux vous en faire goûter de derrière les fagots.

Son rire agace Gilbert. Mais aujourd'hui, peut-il refuser sa part de joie ? Il rit à son tour quand le cousin annonce :

— Allez les gars. On va tous embrasser la petite avant qu'il nous la prenne. Ce sera sa punition, à ce barbouilleur qui nous a laissés tomber.

De bonne grâce, Marthe se prête au jeu. Puis, quand elle a fait le tour de tous les hommes, elle va embrasser Norine. Ensuite, elle revient vers Gilbert. Elle ne craint plus de l'embrasser devant les autres.

La joie emplit la pièce. Ils sont tous gais comme si le vin, à peine versé dans les verres, leur montait déjà à la tête.

*

Le cousin avait raison : le repas a été un vrai repas de fiançailles. Tout le monde a bu beaucoup et, si la mort de Benoît n'avait pas été si récente, on aurait chanté au moment du café.

Les autres sont restés à boire le marc en bavardant tandis que Marthe et Gilbert sortaient. Aussitôt dehors, la petite a entraîné le peintre derrière la maison. En passant devant le garage elle s'est arrêtée un instant. Elle a serré plus fort le bras de Gilbert. Ses mains ne tremblaient pas. Ses yeux ont bien tenté de se faire méchants, mais il y avait trop de joie en elle.

Alors, elle s'est mise à courir.

Ils ont tourné l'angle du hangar et se sont assis sur un banc de pierre, le dos contre le mur râpeux et tiède de soleil.

Devant eux la plaine déroulait à l'infini ses flaques de boue. Plus d'herbe, mais un sol moins uni, travaillé par la crue. Des fondrières, des souches, des troncs, des lambeaux de clôture jalonnaient ce bourbier. Mais toujours nulle vie.

Gilbert aurait voulu se sentir heureux. Se défaire de l'angoisse qui était en lui depuis le matin, au moment où le cousin était sorti seul du camion. Il n'a pas pu y parvenir. A plusieurs reprises il a fermé les yeux pour ne plus voir ce cimetière d'épaves que le soleil renonçait à sécher.

Ils n'ont pas parlé de la pêche. Ils sont d'abord restés longtemps silencieux, puis Marthe a retrouvé le rythme de son babillage.

Jusqu'au crépuscule Gilbert est demeuré la

tête contre sa tête, la laissant égrener sans fin des mots dont il n'entendait que la musique.

Les yeux clos, il était loin déjà. Là où la voix de Marthe retrouverait l'accompagnement du Fleuve.

## XXII

La nuit est venue pendant qu'ils mangeaient la soupe. Une nuit sans lune avec un reste de jour qui traîne encore au bas du ciel ; une lueur trop faible pour indiquer où finit la terre.

Par deux fois, avant de sortir, Gilbert a eu envie de dire : « Il ne faut pas y aller, ce n'est pas prudent après ce qui s'est passé hier. » Mais les autres auraient pu croire qu'il avait peur pour lui. Alors, il n'a pas parlé. Simplement, quand ils se sont trouvés dehors, à se chercher du regard dans l'épaisseur de la nuit, il a demandé :

— Est-ce que vous croyez qu'on a besoin de Marthe ? Avec une nuit pareille, elle ne verra rien, et eux non plus.

C'est la petite qui a répondu :

— T'en fais pas. Ils ne me verront pas, mais s'ils viennent, moi je les verrai. Tu sais bien que j'ai des yeux de chat.

Elle s'est mise à rire, puis elle a fait « tchi-tchi » à la manière des chats en colère. Elle s'est approchée de Gilbert, l'a embrassé très vite avant de s'enfoncer dans le noir.

Norine est restée à la maison. Elle n'est pas assez leste pour ce genre de travail.

Ils ont attendu, plantés devant la porte close, le temps de s'habituer à l'obscurité, puis il se sont mis en route, à la file indienne. Le grand ouvre la marche devant le cousin, ensuite vient Gilbert suivi de Bertrand. Ils feront équipe à deux, l'un au filochon, l'autre tenant le sac. Bertrand pêchera et Gilbert portera le poisson.

Les trois autres ont pris à gauche, plus près de la rivière, mais ils suivent la même direction. On ne peut les voir, on les devine seulement, de temps en temps au clappement d'un pied qui se décolle de la vase.

S'il était seul, Gilbert serait vite égaré à tourner comme ils font pour éviter les trous à peine visibles où l'eau se devine sale et glacée. Une odeur de pourriture le prend à la gorge. Il se contient un moment, puis il tousse et crache. Bertrand lui touche le bras du manche de son filet pour lui dire de se taire.

A plusieurs reprises ils s'arrêtent et tendent l'oreille avant de reprendre leur marche. Les autres ont dû s'écarter encore ou progresser plus vite car on n'entend plus aucun bruit de pas.

Gilbert a un poids qui lui comprime l'estomac. Ses nerfs sont tendus. Jamais, lors des pêches de nuit sur le Rhône, il n'a éprouvé une angoisse semblable. Longtemps il essaie de lutter, de trouver un peu d'apaisement dans le calme de la nuit, mais ce n'est pas possible. Peut-être au contraire la nuit est-elle trop calme ? Trop vide ?

A la fin il n'y tient plus. Il s'arrête, se retourne vers Bertrand qui vient de buter dans son dos.

— Où est-elle ? souffle-t-il.

— Au large de la plaine, t'inquiète pas. Avance.

Le grand est revenu sur ses pas. Il prend Gilbert par un bras. Il se penche jusqu'à frôler de ses lèvres le visage du peintre. Il grogne dans un relent de vin :

— Faut la boucler, hein ! Ici, la voix, ça porte loin.

Ils repartent. On dirait maintenant que le terrain descend légèrement. Plus ils vont, plus le sol devient gras.

La lueur du jour s'est effacée de l'horizon. Çà et là, le ciel s'est clouté d'argent mat.

Maintenant Gilbert commence à distinguer les mouvements de la plaine. Autour de lui, des formes molles rampent lentement entre les étoiles. Ici, il semble qu'il y ait autant d'eau que de terre.

Leur allure se ralentit. Ils pataugent encore entre les fondrières, puis brusquement, l'homme de tête s'arrête et s'accroupit. D'un seul temps les trois autres se baissent aussi.

Silence.

Pas un clapotis, pas un cri de bête, pas un souffle d'air. Rien. Imperceptiblement, le grand se déplie à demi, pousse comme une plante. Sa tête tourne au ras de ses épaules. Il reste ainsi une bonne minute.

Gilbert respire à peine. Son cœur cogne. Il a dans la gorge une boule de coton.

Enfin, l'homme se redresse complètement et s'éloigne. Jules le suit en déroulant son sac.

Bertrand avance vers la droite en direction de trois étoiles immobiles. Gilbert le suit. D'instinct il a préparé son sac. Déjà Bertrand est à genoux dans la vase. Son filet s'enfonce sans bruit, décrit un demi-cercle comme s'il voulait cueillir les étoiles qui se multiplient et filent entre les mailles. Le filet aborde, émerge dans un clapotis qui prend une ampleur considérable dans le silence de la plaine. Ce bruit ne doit pas aller bien loin pourtant puisque Gilbert n'entend pas les autres pêcheurs.

Les poissons tombent dans le sac qui s'agite.

*

Dix fois, vingt fois ils ont recommencé, changeant souvent de trou. Ce sont surtout des gros qu'ils prennent. Très vite le sac s'est alourdi.

A présent, Gilbert ne pense plus ; il travaille. Ses gestes automatiques ont retrouvé leur précision d'autrefois. Bertrand et lui ne sont plus qu'une machine parfaitement réglée et silencieuse à souhait.

Le sac est plein aux trois quarts et Bertrand vient de glisser deux énormes brochets dans sa poche carnassière.

Maintenant, si Gilbert pensait à sa peur de tout à l'heure, elle le ferait sourire. Ils pêchent, et le peintre est aussi tranquille, plus tranquille peut-être qu'autrefois, quand ils remontaient le fleuve en barque sous la protection de Marthe cheminant dans les îles. Il n'est peut-être pas fait pour ce travail comme les Balarin le sont, mais il n'était pas fait pour la guerre non plus. Il la haïssait même profondément. Il y est allé pourtant. Il s'est battu comme les autres, parce qu'il ne pouvait pas faire autrement. A la fin, il avait fini par oublier le danger et le côté répugnant de l'aventure pour n'en vivre que l'instant présent à la façon de l'athlète qui vit une course.

Ses tempes ne battent plus. Il respire de longues bouffées de nuit. Il trouve moins écœurante l'odeur de la vase.

D'un bloc Bertrand s'est accroupi. Gilbert l'imite.

Ils écoutent.

Des pas ?

Non il n'y a rien. Rien que la nuit à peine transparente, à peine plus pâle que tout à l'heure. Pendant qu'ils besognaient, des nappes de brume sont montées du sol, estompant les étoiles.

Ils perçoivent un léger clapotement sur leur gauche. Ils ont dû se rapprocher de l'autre équipe.

Bertrand se remet à pêcher, mais Gilbert sent de nouveau son souffle plus court, plus saccadé.

Ils sont descendus à mi-pente d'un trou plus large et plus profond que les autres. Pour ne pas glisser, ils doivent enfoncer leurs talons dans la glaise.

Bertrand vient de jeter pour la troisième fois son filet quand le signal écorche la nuit. Gilbert sursaute et Bertrand s'accroche à son bras pour le maintenir.

Des pas rapides claquent dans la boue.

— Arrêtez ou je tire !

Les deux hommes s'aplatissent contre la terre molle. Gilbert a repris son sang-froid. Il se hisse en s'agrippant à la paroi gluante. L'œil au ras de la plaine, il guette.

C'est dans la direction du large qu'il regarde. De là où est parti le coassement. Très loin, le faisceau d'une torche électrique balaie la brume, s'attardant sur chaque aspérité du sol.

Le ciel n'a plus çà et là qu'un œil minuscule. Sans s'assombrir, la nuit s'épaissit, devient crémeuse.

Bertrand s'est rapproché de Gilbert. La bouche contre son oreille il ricane :

— T'inquiète pas, elle va les éloigner.

Puis ramassant le sac, il sort. Comme Gilbert ne bouge pas, Bertrand se retourne.

— Allez viens on file.

Mais le peintre ne peut plus quitter des yeux ce petit trait lumineux qui danse là-bas, au ras du sol.

Comme s'ils avaient redouté quelque chose, le Grand et Jules viennent les rejoindre. Ils empoignent Gilbert chacun par un bras pour l'entraîner.

— Fais pas le con, bougonne le Grand, si tu y vas tu te fais pincer ; et tu peux la faire prendre avec toi.

Gilbert ne peut pas lutter contre eux tous. Il aurait dû filer tout de suite. C'est trop tard. Alors il perd la tête.

— Oh... Ohoob !

La main du Grand s'est aplatie sur sa bouche.

Maintenant Gilbert veut bien courir avec eux. Ça lui suffit d'avoir vu le faisceau lumineux se tourner de leur côté. De toute façon, la lampe est trop faible, surtout avec la brume ; les gapiands ne peuvent pas les voir.

Tous ensemble ils s'aplatissent. Deux coups de feu ont claqué. Ils ne bougent plus. Gilbert regarde, la lampe s'est éteinte. Deux étincelles rouges trouent la brume... Deux détonations courent encore sur la plaine.

Un temps. La lampe se remet à danser. Alors ils se relèvent et détalent dans un éclaboussement.

La nuit se ferme sur eux. Colle à leurs pas. Epaisse, impénétrable.

# XXIII

Pourquoi Gilbert n'est-il pas resté là-bas ? Pourquoi est-il monté dans le camion à côté du cousin ? Ce petit homme qui n'avait qu'une idée : partir. Partir pour ne pas perdre son poisson.

Il ne sait plus. Jusqu'à Lyon il n'a pas vu la route.

Il sait seulement qu'il marche. Et depuis sa marche de ce matin dans la brume de la plaine, le temps n'a pas coulé. Il n'aura jamais le souvenir de ce temps.

En descendant du camion dans la rue près des halles, sans un mot pour Jules, il s'est remis à marcher.

Droit, raide, il marche.

Il n'est pas ivre. Il ne vacille pas. Il a la tête haute, l'œil clair, très clair, grand ouvert.

Il n'y a rien dans sa tête, qu'une seule pensée : marcher.

Il ne court pas. Il n'a plus besoin de courir. Il a le temps.

C'était cette nuit qu'il courait. Une nuit. La nuit.

La nuit déjà perdue dans le temps, loin derrière lui.

Ils ont couru jusqu'à la maison, d'une seule traite, avec seulement quelques chutes dans la boue.

Une fois arrivés, les autres se sont décrottés, puis ils sont montés se coucher. Au pied de l'escalier, le cousin a dit simplement :

— Demain matin, six heures.

Gilbert est resté seul, à veiller, en compagnie de Norine.

Au début, Norine riait de le voir tourner sans arrêt dans la pièce. Il allait vers la porte, sortait, scrutait le silence de la nuit.

— Rentre, disait Norine, tu te perdrais.

Mais, à mesure que les heures coulaient, la fièvre a gagné Norine. Elle n'a pourtant rien voulu faire avant l'aube, disant que la petite attendait le jour pour rentrer de peur que les gendarmes ne lui aient tendu un piège.

Dès qu'un semblant de grisaille est venu lécher les vitres, ils ont appelé Jules et Bertrand.

Et ils sont partis.

C'était facile de suivre la trace des pieds nus de Marthe dans la boue de la plaine. De plus, les hommes savaient à peu près où elle se plaçait pour le guet.

Le soleil ne perçait pas encore. Ils marchaient tous les quatre dans une tour grise qui se déplaçait au même pas qu'eux. L'odeur de la vase était presque palpable.

A un endroit, la trace de Marthe était coupée par d'autres plus larges et plus profondes qui la rejoignaient ensuite pour la suivre.

Là, elle avait couru. Seuls les orteils étaient imprimés dans le sol. Les autres aussi avaient couru. Ici, ils s'étaient arrêtés. Ils avaient piétiné. C'était le cri de Gilbert.

Le cousin s'est baissé. Il a ramassé une douille de cuivre.

— Les fumiers ! Au mousqueton qu'ils nous ont tirés.

Gilbert ne vivait plus.

— Vite... Vite..., répétait-il sans cesse.

Bientôt les traces se sont brouillées. Ce n'était plus qu'un piétinement confus. Plus de pieds nus. Partout des semelles cloutées s'élargissant en cercle.

Bertrand les a examinées de près avant de préciser :

— Jusqu'à présent ils étaient deux. Là il y en a quatre. Il devait y en avoir deux de planqués par ici.

Ils ont battu le terrain, et c'est Gilbert qui, le premier, a découvert un tronc d'arbre. Même dans la boue qui recouvrait l'écorce il y avait des traces de semelles ferrées.

Peut-être s'était-elle cachée dessous. Mais après ?

Le tronc était énorme avec un amas de racines

et trois branches noueuses dont deux s'enfonçaient dans la terre.

Elle avait pu se glisser là, sous cette espèce de voûte pour attendre le départ des gendarmes.

En s'approchant des branches Gilbert a senti le sol se dérober sous son pied, aspirer sa jambe jusqu'au genou. Et c'est à ce moment-là qu'il a vu. Là, à deux pas. Juste sous le tronc. Une main crispée, des ongles griffant encore l'écorce.

Sur le coup, il a failli crier. Il s'est repris.

C'était fini. Son angoisse venait de s'évanouir soudain, comme si le danger avait été écarté à jamais.

Il s'est approché de Bertrand. Il l'a tiré par le bras en disant simplement :

— Elle est là.

Comme s'il avait été normal que Marthe se trouvât là.

Bertrand est devenu très pâle. Aussi pâle que la brume qui s'éclairait derrière lui. Son menton s'est mis à trembler. Alors Gilbert lui a serré les mains. Ils ont baissé les yeux.

Les autres continuaient de chercher.

Etouffée par la brume, la voix de Norine semblait loin, très loin ; de l'autre côté du monde sans vie de la plaine.

— Marthe !... Marthe !

A ce moment-là, Gilbert était parfaitement lucide. Il a dit à Bertrand :

— Faut emmener Norine. Faut pas qu'elle voie.

Et c'est après, seulement, que tout s'est brouillé en lui. Sur le chemin du retour, tandis qu'il marchait à côté de Norine qui sanglotait.

Longtemps, ils ont marché, dans la brume que nul soleil n'éclairait plus. Dans la brume qui étouffait les sanglots de Norine.

*

Et maintenant Gilbert continue de marcher.

Il marche sur le trottoir entre les arbres. Il marche sur le pont de la Saône. Le quai encore. Les usines. La Saulaie. La route, à l'envers.

Vite, d'un pas régulier, il marche. Sans fatigue.

Est-ce qu'un homme peut marcher toujours. Le jour, la nuit, les saisons, les ans. Sans dormir. Sans manger. Sans rien ?

Sans penser. Surtout sans penser.

Il y a le ciel qu'il ne voit pas, bleu, très pâle, aussi frais qu'un ciel de printemps. Et le soleil, déjà haut.

Le soleil monte encore.

Il marche. Il est arrivé à l'endroit où la route surplombe le fleuve. Un grand fleuve d'argent qui ne reflète rien qu'une immense lumière.

Il marche.

Il n'y a qu'un seul mot, en deux syllabes, pour marquer le rythme de son pas.

— Bon-heur. Bon-heur...

## XXIV

Il faudrait pouvoir marcher. Toujours. Sans s'arrêter. Jamais.

Marcher comme le soleil dans le ciel; comme le fleuve dans la vallée; comme les routes sur la terre, tout autour de la terre.

Les routes aussi marchent toujours; sans fin, avec le seul but de marcher.

Il n'y a pas des routes, il y a la route.

Et le chemin qui part de la route est encore la route et le sentier aussi qui part du chemin.

Il suffirait de marcher.

Il marche.

Il y a le ciel. Et le soleil. Et le fleuve tout en bas dans le creux. Il vibre le Fleuve. On ne dirait pas qu'il avance, on croirait plutôt qu'il trépigne. Qu'il piétine de la lumière.

La route va descendre pour s'enterrer dans le tunnel des arbres. Là, elle ne verra plus le Fleuve.

Gilbert ne s'arrête pas. Après tout a-t-on

besoin de route, de chemin, de sentier pour marcher ?

Il quitte la route, sans s'en rendre compte. Il ne pense pas. Pour l'instant, il est le papillon attiré par la lampe.

Il court. Entraîné par son propre poids qui est la force de la terre, il dévale la combe hérissée d'acacias. Il zigzague entre les arbres, les bras écartés, empoignant les troncs à pleines mains.

Il ne remarque même pas qu'une de ses mains saigne.

Des pierres roulent sous ses pieds accompagnant sa course. Elles le devancent pour lui montrer le chemin. C'est un peu de la terre qui marche avec lui.

Il vient de sentir un choc brutal dans son ventre comme si ses jambes lui étaient entrées dans le corps. Des ronces griffent ses pieds. D'un coup la déclivité a rencontré la terre plate.

Il marche.

Il traverse une friche. De la poussière blonde vole autour de lui dans le soleil. L'eau est venue jusque-là, elle a laissé un dépôt de sable très fin sur les herbes couchées.

Le fleuve a disparu caché par les peupliers des îles, mais le peintre est toujours le papillon attiré par la lumière. Il l'a perdue de vue un temps, mais il en connaît la place. Il va droit sur elle. Une force le guide, infaillible comme l'instinct de l'animal.

Il file vers la lisière des arbres. Une éteule

râpeuse, un champ labouré dont les mottes fument sous le pas, puis il pénètre dans le fourré. La vorgine dépasse sa tête. La lumière est tamisée, l'air plus dense se peuple du vol silencieux d'innombrables moucherons. On croirait nager dans un fond d'eau dormante un peu trouble.

Sous les grands arbres, le taillis s'éclaircit, se mue en herbes. Enfin, l'herbage n'est plus que fléoles malingres pourrissant sous les feuilles mortes : c'est le bois. Le sol froufroute. L'air s'allège.

Bientôt des étoiles de cristal scintillent entre les troncs :

Le Fleuve.

Le peintre s'arrête. Il retient son souffle. Il écoute, mais ses tempes battent et le sang bourdonne à ses oreilles.

Il repart, fait vingt pas pour s'arrêter encore. Marche, s'arrête ; repart, s'arrête de nouveau et ainsi jusqu'à entendre la chanson du Fleuve.

Alors, il va plus lentement, mais d'un pas plus ferme, du pas de celui qui sent où il va.

A la limite du bois, à la frontière de la terre et de l'eau, là où le sol devient spongieux, il s'arrête, pour de bon cette fois.

Ici, le soleil ne rencontre plus d'obstacle. C'est une féerie de lumière. Le ciel est de la lumière, l'eau, le sable, les rives, les collines en face. Tout est lumière.

Gilbert aspire une longue bouffée de cette

lumière qui danse partout autour de lui ; il voudrait se saouler de lumière.

*

Longtemps il est resté debout, à boire de la vie. Puis, il s'est assis adossé au dernier tronc de peuplier.

Il ne regardait ni le ciel, ni l'eau, ni la terre. Il voyait tout sans rien regarder. Insensiblement la vie des choses pénétrait en lui. La quiétude de midi ayant chassé sa fièvre, il n'entendait plus le battement de ses tempes. Le rythme de son sang s'accordait avec le flux et le reflux de la vague caressant le sable. Il faisait si parfaitement corps avec la terre que le peuple de la vorgine ignorait sa présence. C'était à croire qu'il avait perdu jusqu'à son odeur d'homme.

Il était accepté, reconnu par le monde des îles :

Les rats trottaient à deux pas de lui, grignotant tranquillement ; le picvert, réputé méfiant, martelait l'écorce de l'arbre au-dessus de sa tête ; et les buses elles-mêmes venaient égratigner l'eau si près de la rive qu'il sentait sur son visage le souffle de leur vol.

*

Peu à peu l'ombre des arbres s'est étirée sur le fleuve jusqu'à gagner l'autre rive. Le sang d'une gigantesque vendange a ruisselé entre les fûts élancés ; violets sur un ciel pourpre. Puis, tout ce sang mêlé à la paix du soir s'est coagulé en nuit et les oiseaux ont lancé un dernier cri.

Ivre encore de lumière, engourdi déjà par le frais de la nuit, incapable de mouvement, collé à la terre de tout son poids, confondu avec la terre, Gilbert est demeuré là longtemps, vivant d'une vie presque végétale.

Devant lui, sans fausse pudeur, cent fois le Fleuve a changé de toilette. D'heure en heure il a déployé tous les trésors de sa palette. D'un miroitement éblouissant au fondu discret du crépuscule, d'une puissance écrasante à la douceur enveloppante qui noie la vie du jour dans la vie de la nuit, d'instant en instant l'image a fait place à l'image.

*

Maintenant, dans l'obscurité, des taches vertes apparaissent à mesure que la lune blanchit le bas du ciel.

Il se lève.

— Demain je viendrai peindre là. Demain à l'aube.

Il marche le long de la rive, sans hâte, sans bruit. On croirait qu'il fait partie de la nuit.

Son regard ne quitte plus la surface de l'eau. Il lui semble que depuis toujours, que durant des vies d'homme, il n'a rien vu d'autre qu'elle.

Et pourtant, il n'en a jamais distingué aussi nettement chaque détail.

Pas deux remous qui se ressemblent. Chacun a sa forme propre, ses lignes, sa vitesse, sa façon de vriller. Une vague est noire, une autre verte, une autre d'un autre vert encore. Chacune a sa teinte propre. Toutes sont crêtées de lumière : cristal, argent, neige, étain, acier bleui.

Au large, roule la meute compacte des tourbillons nerveux nouant et dénouant sans relâche leurs anneaux huilés. Tantôt migration d'anguilles harcelées d'un désir de fraiesons lointaines ; tantôt lutte, galopade effrénée de croupes luisantes et de crinières endiamantées, soufflant l'écume, le torrent poursuit sa course.

Par contraste, dans les criques, dans l'embouchure des petites lônes, le courant remonte et fait un somme entre les joncs, sous la moquette chinée des feuilles mortes. Les vaguelettes en mordillent le bord. De temps en temps, une des feuilles se détache, oscille, amorce un pas de valse, revient frôler la frange avant de se laisser emporter par une vague plus avide.

Elle longe un banc de galets dont chacun représente pour elle une montagne, elle prend de la vitesse puis plonge au centre d'un triangle d'eau bien lisse pour disparaître enfin dans une cascade de lumière.

Le peintre ne regarde pas son chemin. Il n'a pas besoin. Son pied ne heurte pas les roches, il évite d'instinct les branches mortes, les racines saillantes. L'inextricable fouillis de la vorgine est maintenant pour lui la seule route.

Il va. Il glisse dans la nuit. Il est seul avec le Fleuve. Seul avec tout le monde immense du Fleuve.

*

En le voyant entrer, le passeur n'a rien dit. Il a regardé ses vêtements où la boue jaune de la Saône demeurait encore, séchée, durcie par plaques craquelées.

Le feu pétillait. Gilbert s'est assis devant le foyer. Il n'avait pas froid, mais, d'un geste machinal il a tendu ses mains à la flamme.

Deux ou trois fois, le Père Normand est venu à côté de lui pour remuer les pommes de terre qui grésillaient dant la poêle.

Il ne parlait toujours pas.

Il a mis leurs deux couverts; servi la soupe fumante, puis il a posé sa main sur l'épaule du peintre.

*

Docilement, Gilbert est allé s'asseoir à table.

Voilà plus d'une heure qu'ils ont fini de manger. Ils n'ont pas encore échangé une parole.

Côte à côte, ils sont assis devant le feu qui décline.

Le vieux se lève, remet des brindilles et une

grosse bûche. La flamme renaît plus claire. Sa vie emplit la pièce.

— Alors ? demande le passeur.

Gilbert dit simplement :

— C'est fini.

Il suffit de quelques mots pour raconter l'accident. Quelques mots qui ont du mal à venir. Le passeur l'arrête.

— Plus tard, dit-il. Plus tard, tu me raconteras.

Ils demeurent encore sans mot dire, fixant les braises du foyer.

Puis, Gilbert promène son regard sur les murs comme s'il voulait s'assurer que rien n'est changé dans la maison du passeur.

Pendant son absence, le vieux a accroché là les plus belles de ses toiles. Sans un mot, il lève la main et fait un geste circulaire pour les désigner toutes. Puis, il regarde Gilbert.

Le peintre hoche la tête.

— Oui, murmure-t-il. Oui.

Et c'est lui maintenant, qui, du regard désigne la croix des mariniers, la gourde, les tronçons de lances.

Le passeur sourit. Il semble se concentrer un moment, chercher son souffle.

En vérité, c'est le signal du départ qu'il attend.

Gilbert le sait. Il se tasse un peu sur sa chaise, ferme les paupières et ébauche un sourire.

Alors le vieux tousse deux fois, rallume sa cigarette, puis il commence :

— C'était il y a de cela...

Vernaison-Lyon. 1955-1957.

" Le taureau de Dieu "

## *Brutus*

Bernard Clavel

Hâlée par une vingtaine d'hommes, une lourde barge remonte le Rhône. À son bord, un prisonnier : Brutus, farouche taureau camarguais destiné à éventrer un groupe de chrétiens séquestrés à Lugdunum, capitale des Gaules. Vitalis, le patron de la barge, et la jeune esclave Blandine sont les premiers à être jetés dans l'arène. Mais Brutus refuse d'être complice de leur martyre et parvient à s'échapper grâce à Florent, un jeune mousse auquel il s'est attaché. Leur salut dépend de leur retour sur les terres arlésiennes...

*(Pocket n° 11618)*

*Achevé d'imprimer sur les presses de*

BUSSIÈRE

GROUPE CPI

*à Saint-Amand-Montrond (Cher)*
*en mai 2003*

POCKET - 12, avenue d'Italie - 75627 Paris Cedex 13
Tél. : 01-44-16-05-00

— N° d'imp. : 32638. —
Dépôt légal : mai 2003.

*Imprimé en France*